AF287074

by Yves Drube

Franziska Röchter (Hrsg.)

Loser, Streber, Hirnis, Nerds:

Tickende Bomben?

Vom Mobben, Lernen, sich Bilden...
Betroffene erzählen und dichten

chiliverlag

Von **Franziska Röchter** sind im chiliverlag erschienen:

Der Fisch ist Käse - Veggie? Voll logisch!
          Jugendliche erklären ihr Essen (2012)
     nominiert vom VEBU für die Wahl zum Veggie-Sachbuch 2013
Pfeffrige Sünde - Habanero Red
          Erotische Lyrik (2012)
Halt! Dich! fest! Im Labyrinth der Blindfische
Seltsam Komisches aus dem Irrgarten des Lebens
     Satire, Storys und Gedichte von 34 Autoren (2013)
                    mit 18 Zeichnungen von Günter Specht

1. Auflage Februar 2013
(c) chiliverlag, Franziska Röchter, Verl
franchili / 4
Die Rechte an den einzelnen Texten liegen bei den Autoren.

Detaillierte bibliographische Daten sind unter http://dnb.ddb.de
bei der Deutschen Nationalbibliographie abrufbar.

Lektorat, Umschlagsgestaltung, Layout: Franziska Röchter
Co-Lektorat: Philipp Röchter
Coverfoto: Yves Drube, Dominikanische Republik
Innenfotos: Yves Drube, Dominikanische Republik

www.franzis-litfass.biz   **www.chiliverlag.de**

Printed in Germany
ISBN 978-3-943292-04-6

Inhalt

III. Ausgeschlossen

IV. Was wurde eigentlich aus F.?

Für Philipp

Wo hört normales altersgerechtes Kompetenzgerangel (Festlegen der ‚Hackordnung‘) auf und wo genau fängt Mobbing (oder auch: Bullying) an? Bücher zum Thema gibt es zuhauf, und es werden immer mehr. Bis zu welchem Punkt sollen vor allem Schüler und Jugendliche versuchen, ihre Angelegenheiten selbst auszufechten, ab wann sollen Eltern eingreifen? Welche Auswirkungen haben kontinuierliches mehr oder weniger subtiles Schikanieren und Drangsalieren auf die Psyche der Betroffenen? Welche Werte geben wir eigentlich unseren Kindern mit, wenn solche Dinge wie öffentliches Streuen von Gerüchten, Bloßstellen und intrigantes an-die-Seite-Drängen zur Tagesordnung gehören, um sich selbst einen ‚besseren‘ Platz in der Gesellschaft zu sichern?

Die Texte in diesem Buch sind aus zwei verschiedenen Aufgabenstellungen entsprungen. Ursprünglich wurde eingeladen, aus der ‚verrückten‘ Alltagswirklichkeit der Schulwelt zu erzählen. Interessanterweise enthielten die meisten Zusendungen automatisch Inhalte, die sich mit Gefühlen von Ausgegrenztsein, Fremdheit, Druck auf allen Ebenen und dem Wunsch nach sinnvollem Lernstoff beschäftigen. So stellt sich die Frage, ob sich das Phänomen des ‚Mobbens‘ unter anderem auch daraus ergibt, dass die Hahnenkämpfe um die ‚besten Plätze‘ in einem System, welches in vielen Aspekten immer fragwürdiger erscheint, mit immer mehr Ellenbogenpotential und Egoismus ausgefochten werden, weil der Druck, der auf Schülern lastet, so enorm groß ist. ‚Getretene‘ geben ihre Tritte gern weiter, und die voyeuristischen Medienspektakel ‚erziehen‘ Kinder und Jugendliche bereits frühzeitig in eine Richtung, wo sich am Leid und Elend anderer gern öffentlich unter Draufhalten von Kameras ergötzt wird. Die Schritte zum Denunziantentum und öffentlichen Anprangern sind nicht mehr weit und werden uns ebenfalls mediengerecht aufbereitet aus der Welt der vermeintlich ‚Großen' und Mächtigen vorgemacht.

Im Zusammenhang mit dem Thema ‚Mobbing' stellt sich unweigerlich die Frage, inwieweit eine Gesellschaft, in der der Wert des Einzelnen in erster Linie anhand seiner Konsumtüchtigkeit und seines ökonomischen Erfolges gemessen wird, auf Dauer eine lebens- und liebenswürdige Gesellschaft sein kann. Grundsätzlich scheint ein gewisser Respekt vor anderen Lebewesen, vor allem aber vor dem Anderssein, zu fehlen. Nicht zuletzt zeigt sich dieser fehlende Respekt in unserem widersprüchlichen, ja schizophrenen Umgang mit Tieren.

In diesem Band kommen Betroffene vornehmlich jüngerer Generationen zu Wort. Sie schrieben auf und dichteten über ihr Leiden an einem System, welches immer mehr Elitebildung fördert und immer mehr die Schwächeren zur Seite schiebt. Daran kann auch die gegenwärtige Diskussion zur vermeintlich angestrebten Inklusion im Hinblick auf Schule nichts ändern. Denn Inklusion / Integration findet vor allem im Kopf statt und wird nicht automatisch praktiziert, weil zwei heterogene Gruppen gemeinsam einen Raum oder ein Gebäude nutzen.

Klaus H. Sindern hat in seinem Büchlein ‚Bilde dich! Mach dich auf den Weg!' (tologo verlag, Leipzig, 2012), aus dem hier Auszüge wiedergegeben werden, in einer ‚Ansprache' an ein ungeborenes Kind anschaulich die

10

gängige Fehlinterpretation des Wortes ‚Bildung‘ aufs Korn genommen. Ein weiteres Schmankerl bietet der Text des evangelischen Theologen Frank Stückemann, der ‚modernen Rufmord‘ im unauffällig getarnten Gewand in der Welt der Erwachsenen beschreibt. Ansonsten ist es eine Freude, die Texte der jungen Menschen zu lesen sowie ehemalige Schüler und auch Schulleiter humorvoll zu Wort kommen zu lassen.

Mein herzlicher Dank gilt Yves Drube aus der Dominikanischen Republik für sein großes Vertrauen und seine wundervollen Fotos.

Wildrose

Eine wilde Sonnenblume wird keine Rose
sein, doch auch mit einer Sonnenblume
kommt man überein. Und wieder war
besorgten Eltern wenig Trost gegeben. Denn
nicht alle Mediziner gärtnern auch im Leben.

Erst warst du die Heckenrose. Hundsgemein
und klammernd. Deine Stacheln kräftig
hakend. Deine Alten jammernd. Daraufhin
als Hagebutte brennend. Spätgereift. Hast die
schönen Kelchesblätter einfach abgestreift.

Das Erscheinungsbild von Rosen ist sehr
variabel. Apotheker-Rosen-Blätters Heilung
keine Fabel. Du bist aus dem fernen Osten
eine Mandarin. Wunderbar exotisch. Gut gedieh'n.

Franziska Röchter, im Februar 2013

I. Etikettenschwindel

Thomas Rackwitz

old school

meine erste fluppe rauchte ich mit zwölf
auf dem mädchenklo ließ sich
derweil eine verdreschen die lehrer standen da
mit fragenden gesichtern und tranken magen-
schonenden kaffee tage zuvor
hatte einer den schulgarten mit graffiti
geschändet die zeugen schwitzten
geduckt in der kantine es stank
nach dem essen von gestern
niemand verdächtigte mich
so brav wie ich war drum blieb ich
für ein paar minuten unentdeckt
und rauchte und reihte mich später
ganz unauffällig wieder ein in die hierarchien
unter dem tisch klebte ich meine kaugummis
neben die der eltern nachmittags tauschte
ich abziehbilder gegen freunde ein
und freunde gegen abziehbilder
vermutlich habe ich das eine oder andere
gelernt in all den jahren
niemand aber brachte mir bei
wie man das unglück am ehesten erträgt

Lena Schätte

Pubertierende, Pädagogen und andere
tickende Bomben *(Slam-Text)*

Wecker hören.
Frage: „Blau machen oder zur Schule gehen?" Vor-
und Nachteile abwägen, über mögliche Konsequenzen
nachdenken, mir kurz das Gesicht meiner schreienden
Mutter ins Gedächtnis rufen und letztendlich doch aufstehen.

Mit dem Gesichtsausdruck eines Welpen, den man mit
der Morgenzeitung verprügelt hat, in den Bus steigen,
vor dem inneren Auge stets die Insassen des Beamten-
apparats und wie sie mit gezückter verbaler Mistgabel
ins Klassenzimmer galoppieren, um das letzte bisschen
angeblicher Intelligenz in Frage zu stellen, in Fetzen zu
husten und zu relativieren. Zur Begrüßung sämtliche
Herpesbakterien in die weite Welt des Schulhofs tragen
und wieder über dieselben preiswerten Insider lachen.
Tag für Tag.

Lehrer, die wie die Titanic vor der Tafel untergehen,
weil es scheint, als hätten sie ihre autoritäre Ausstrahlung zusammen mit ihrer lesbaren Schrift, ihrer stimm-
lich entspannten Tonlage und ihrem Durchsetzungs-
vermögen an der Tür abgegeben. Und sie mögen ja
kompetent in ihren Fachbereichen sein, sie mögen ja
wie kein Zweiter wissen, wo genau Paraguay liegt, wie
Technochtitlan von innen ausgesehen haben muss, wie
man einen Wendepunkt zu ermitteln hat oder warum es

tatsächlich mal eine Bevölkerungsschicht gegebenen haben soll, die durch Iphigenie begeistert wurde, doch sie wissen nicht, wem sie das Ganze vermitteln müssen. Sie wissen nicht, dass sie mit uns nicht wie mit einer akademischen Bibliothekarin mit Dutt, Echtholzschreibtisch und moralisch- ökonomischem Bewusstsein reden können. Dass sie Ausstrahlung brauchen, wenn sie nicht wollen, dass wir mit der Stirn auf den Tisch klatschen und unsere Mittagsschläfchen vorverlegen.

Doch es gibt wenige Pioniere. Die charismatischen Ritter des Kollegiums, die es tatsächlich schaffen, die Schüler dort abzuholen, wo sie gerade, leicht verloren zwischen Selbstfindungstrip und Leistungsdruck, stehen und den Spagat zwischen freundschaftlicher Basis und Respekt meistern. Sie hinterlassen Spuren in den Leben ihrer Schüler, verändern trotzige Standpunkte, sorgen dafür, dass sie morgens gerne aufstehen.

Und dann gibt es da natürlich noch die Kategorie jener "Trottel", die zwar nicht lehren, aber immer unterhalten. Ein Highlight war da definitiv meine Englischlehrerin, die mit ihrer Aussprache eine Verschmelzung aus Ösi-Dialekt und eine Nachahmung britisch-adeligen Teatime-Akzents kreierte, wenn sie in ihren bodenlangen Hippie-Röcken vor der Klasse stand und versuchte, uns zum Veganertum zu bekehren.

Was die Schüler anbelangt, ist leider jedes Klischee, das in amerikanischen 90er-Jahre-Teeniekomödien besungen und dargestellt wird, wahr. Wir fächern uns selbst in gut gepolsterte Schubladen, kleben uns Etiketten auf. Die der Loser, der Streber, der Sportler, der Schlampen, der Superhirnis und der Nerds, und manche von uns brechen ein Leben lang nicht aus.

Doch rückblickend hat mich das 70er-Jahre-Beton-klotzgebäude meiner Schule in eine Sozialstruktur gebettet, die mich hat wachsen und gedeihen lassen. Und auch wenn die meisten von uns sich wie Knastis fühlen, werden wir eines Tages erkennen, dass es ein Ort war, an dem wir frei sein konnten. Freier als in jedem Unternehmen, in jedem Büro, in jedem Amt oder jeder Firma.

Klaus H. Sindern

Bildung oder Ausbildung?
Wofür leben wir?

Klaus H. Sindern hat jahrzehntelang selbst Unterricht an einer Schule erteilt. 2012 veröffentlichte er den Titel **‚Bilde dich! – Mach dich auf den Weg!'** (tologo verlag, Leipzig). In seinem Text, den Klaus H. Sindern an ein ungeborenes Enkelkind adressiert, geht es um den Unterschied von ‚Bildung' nach dem humanistischen Prinzip zur reinen ‚Ausbildung', die seiner Meinung nach an Schulen praktiziert wird. Es geht um die gerne negierte Subjektivität von Leistungsbeurteilungen nach dem Notenprinzip von 1 – 6 sowie um das in Schule geforderte Sich-Anpassen für eine erfolgreiche Schullaufbahn. Im Folgenden einige prägnante Auszüge:

Das solltest du wissen: Eltern messen ihren Erziehungserfolg an dem Schulabschluss, den du erreichen wirst. Im deutschen Schulsystem gilt das Abitur als das obere Maß, mit dem Schulerfolg und Erziehungserfolg gemessen wird. Ein Schulabschluss unterhalb des Abiturs (Hauptschule, Realschule, Sekundarschule usw.) ist - freilich abgestuft - Ergebnis eines schulischen Versagens - und damit auch Ergebnis eines so empfundenen erzieherischen Versagens.
(S. 10)
Ein Abitur zu erreichen, ist also nicht besonders anspruchsvoll, obwohl auch das Erreichen dieses Ziels besondere Anstrengung erfordert und besondere Anforderungen stellt. Um bei dem Bild des Bergsteigens zu bleiben:

Wer auf die Zugspitze will, muss angemessene Kleidung tragen, auf Regen und Kälte ebenso vorbereitet sein wie auf starke Sonneneinstrahlung. Wer die faschen Schuhe trägt, spielt unter Umständen mit seinem Leben. (S. 11 / 12)

In dieser anderen Bedeutung macht man etwas mit Spaß, und es wird zunächst unbewusst deutlich, dass das Wort Spaß eigentlich zu kurz greift, weil in diesem Fall die Freude aus einem Inneren kommt. Es wäre ohne Zweifel angemessener, statt von Spaß von Interesse, Wissbegier, Wissensdrang zu sprechen. Etwas in diesem Sinne mit Spaß zu machen, zeugt von einem inneren Antrieb, von einer Schwungkraft (Impetus), die das Lernen individuell bedeutungsvoll macht.

Diese Unterscheidung mag dir auf den ersten Blick willkürlich erscheinen. Es ist keine gewagte Prognose, dass dir in deiner Zeit bis zum angestrebten Ziel aufgehen wird, dass in allen Fächern, in denen du unterrichtet wirst (sic!), zwar bedeutungsvolle Inhalte thematisiert werden, die Bedeutung aber beschränkt bleibt auf das Fach selbst. Was diese bedeutungsvollen Inhalte mit dir zu tun haben, erfährst du kaum, weil dies nicht das Ziel von Unterricht zu sein scheint. (S. 13 /14)

Nichts ist so gründlich wissenschaftlich untersucht wie die Frage, ob Urteile über Schülerleistungen in Form von Ziffern von 1 bis 6 einer Forderung nach Objektivität standhalten. Es gibt nicht eine seriöse wissenschaftliche Studie, die eine solche Frage mit einem deutlichen oder gar eindeutigen ‚Ja‘ beantworten kann. Es ist bedauerlich, aber es gibt nicht ein einziges Fach, in dem Urteile objektiv gefällt werden. Nicht ein einziges Fach. Natürlich sollen und müssen deine Lehrer sich die größte Mühe geben, ein halbwegs gerechtes Urteil zu finden. Sie sollten nur nicht glauben, ihr gefundenes Urteil sei nach den angemessen strengen Forderungen objektiv. (S. 18 / 19)

Eine weitere Unterscheidung erscheint mir also ebenso fundamental wie die nach der geforderten Abgrenzung von Bildung und Ausbildung: Niemand kann gebildet werden, aber jeder kann sich bilden. Niemand kann gebildet werden bedeutet, dass Bildung nicht von außen vorgetragen, nicht gelehrt und nicht als Auftrag gelernt werden kann. Niemand kann, um es ganz schlicht auszudrücken, sagen: Komm zu mir, ich möchte oder werde dich bilden. Niemand kann sagen: Gehe in diese oder jene Einrichtung, weil du dort von anderen Menschen gebildet wirst. Eltern können dich nicht bilden. Lehrer in Schulen können dich nicht bilden. Freunde, Bekannte, Verwandte, Fremde, Persönlichkeiten des öffentlichen Lebens, sie alle können dich nicht bilden. Bilden kannst nur du dich, bilden heißt: sich bilden.

… Wenn du es nur willst. (S. 25 / 26)

Der gebildete Mensch versteht sich als Teil der Gesellschaft, in der er lebt, als Teil der Natur, die ihn umgibt, als Teil der Welt und ihrer Vielfalt, als Teil eines Universums in seiner Unendlichkeit. Und alles Wissen über die Gesellschaft, über die Natur, über die Welt und über das Universum dient dem gebildeten Menschen vor allem zu dem Zweck, das eigene Handeln nicht zuerst egoistisch zu ökonomischem Vorteil zu nutzen, sondern auszurichten in Verantwortung für die Gesellschaft, für die Natur, für die Welt. Der gebildete Mensch handelt als ein moralischer Mensch, wie er von keinem Geringeren als dem Philosophen Immanuel Kant in seiner Formulierung des so genannten kategorischen Imperativs beschrieben wird: Handle nur nach derjenigen Maxime, durch die du zugleich wollen kannst, dass sie ein allgemeines Gesetz werde.

(S. 27)

Peter Borjans-Heuser

Vertretung

Herr Direktor Doktor Stroh
sitzt in seinem Chefbüro,
prüft grad, wie der Locher locht,
als es an die Türe pocht.

Ärgerlich ruft er: „Herein!"
Zaghaft tritt ein Mädchen ein.
„Klassensprecherin 5a,
Unser Lehrer ist nicht da!"

„Fast unmöglich, liebes Kind!"
Gott, wie schludrig Lehrer sind!
Idioten! Nicht zu fassen!
Werde ich nicht durchgehn lassen!

Doktor Stroh wird jovial:
„Sprecherin? Nun, sieh einmal!
Weil Ihr neu hier bei uns seid,
wisst Ihr wohl noch nicht Bescheid.

Heilig ist für jedermann
Täglich der Vertretungsplan!
Eh wir in die Klasse gehen,
müssen wir den Plan besehen.

Für Schüler wie auch Lehrer gilt:
Jeder macht sich erst ein Bild,
ob ein Lehrer fehlt und wer
ihn vertritt. Das ist nicht schwer!

Komm, mein Kind, ich zeig es Dir!
Folg zum Schwarzen Brette mir!
Dort hängt der Vertretungsplan
(nur für den, der lesen kann).

Haben's schon! Hier die 5a!
Vierte Stunde, siehe da!
Eure Lehrerin ist krank!
Aber hier steht, Gott sei Dank,

wer sie jetzt vertreten muss."
So ein Heini! Jetzt ist Schluss!
Die Pfeife kommt in mein Büro!
Liest: „Vertretung: Doktor Stroh!"

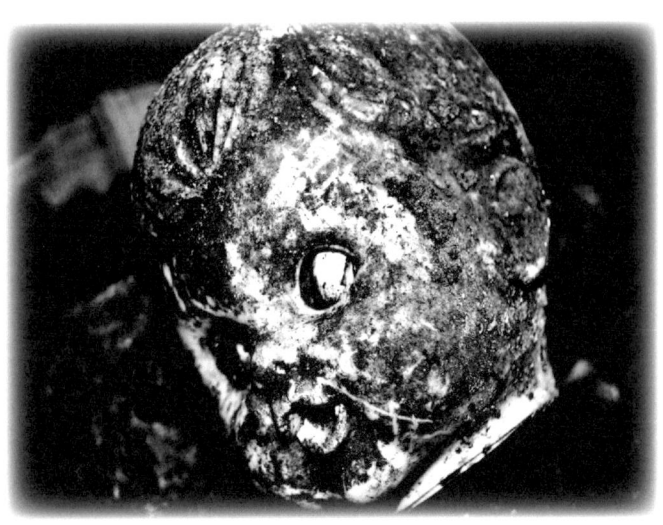

II. Mein Kopf ist voll, mein Herz ist leer

Paula Rolshoven

Aufstehen

Aufstehen. Wozu so früh aufstehen? Einfach liegenbleiben. Ja, das ist es. Ich stehe nie wieder auf. Wer will
aufstehen? Wärme und Gemütlichkeit sind alles, was
man braucht. Wer will denn raus bei diesem Wetter?
Demotivation ist das Ergebnis.

Man kommt demotiviert in die Schule. Die Freunde
sind der einzige Grund, in die Schule zu kommen. Die
Zeit, die man in der Schule verbringt, ist nur eine kör-
perliche Anwesenheit. Der Heimweg kommt einem
steil vor. Für die Hausübungen ist man zu faul und die
Müdigkeit überfällt einen durchgehend. Man hat die
Wahl zwischen Arbeit und Freizeit, wobei die Arbeit
durch die Demotivation abgeklemmt ist und die Freizeit sowieso mehr positive Aspekte aufbringt.
In der Freizeit trifft man Freunde, dies fördert die sozialen Fähigkeiten.
In der Freizeit nimmt man Klavier- oder Gitarrenun-
terricht, dies fördert die Musik- und Denkfähigkeiten.
In der Freizeit denkt man über sein Leben nach, dies
erspart einem Planlosigkeiten.
Alles spricht für die Freizeit.

Jetzt ist es schon fünf Minuten her, dass der Wecker
geläutet hat. Ich liege noch im Bett. Ich stelle darum
den Wecker immer fünfzehn Minuten früher als ich eigentlich aufstehen muss. Nur laufe ich Gefahr, wieder

einzuschlafen.

Draußen regnet es. In meinem Zimmer ist es kalt, unter der Bettdecke ist es warm. Ich werde mir sicher eine Grippe holen, sobald ich aufstehe. Wenn ich überhaupt aufstehen sollte.

Meine Augen sind halb zugekniffen, das helle Morgenlicht brennt mir wie Zwiebeln in den Augen. Ich könnte ja die Vorhänge zuziehen. Nein, zu viel Aufwand. Ich drehe mich auf die andere Seite, das ist einfacher.

Heute haben wir keine Tests in der Schule. Ich könnte einfach liegenbleiben. Ich werde liegenbleiben.

Meine Freunde werde ich in diesem Jahr noch genug sehen. Ein Tag von 365 Tagen, was ist das schon. Sie werden mich schon verstehen.

Die Lehrer werden ihren Unterricht ganz normal fortsetzen. Ob ich da bin oder nicht, es wird sie nicht beeindrucken oder ihren Unterricht beeinflussen. Sie verbringen ihr Leben damit, Körpern, die mit ihnen im gleichen Raum sind, ihr Wissen zu übermitteln. Ich gebe zu, das kann interessant sein, ist oft jedoch irrelevant. Den Stoff von heute kann ich am Wochenende nachlernen.

Ich werde niemals Lehrerin.

Haben Lehrer Familien? Warum frage ich das? Natürlich haben sie das, sie sind ja trotz allem normale Menschen.

Es sind zehn Minuten vergangen, seit der Wecker geläutet hat.

Die Demotivation ergreift mich wieder. Ich habe meinen Plan, heute nicht aufzustehen, noch nicht aufgegeben.

Demotivation kann auch anderes zur Folge haben als Faulheit.

Eine weitere Wirkung von Demotivation ist Stress.

Dadurch, dass man die Arbeit vernachlässigt, muss man alles nacharbeiten und Nachhilfe nehmen. Wenn man alle Sachen nacharbeitet und Nachhilfe nimmt, muss man seine Freizeitaktivitäten einschränken. Wenn man einmal mit dem Stoff hinterherhinkt, findet man den Anschluss nie wieder. Die Freizeitaktivitäten muss man auf Wochenenden verschieben und sie werden somit nicht mehr gerne freiwillig ausgeführt. Dies führt dazu, dass man sie ganz aufgibt und die sozialen Fähigkeiten, Musik- und Denkfähigkeiten schlagartig nachlassen. Man hat keine Zeit mehr, über das Leben nachzudenken und wird immer planloser. Planlosigkeit führt zu Chaos und Chaos dazu, dass man sich unwohl fühlt. Wenn man sich unwohl fühlt, zieht man sich zurück, was wiederum einen schwerwiegenden Einfluss auf die soziale Umgebung hat.

Lehrer bekommen von solchen Situationen nichts mit. Sie wollen außerdem nicht zu naiv sein, da sie tagtäglich mit Ausreden konfrontiert sind.

Sie überfordern die Schüler weiterhin mit Hausübungen, mündlichen Prüfungen, Tests, Schularbeiten. Ohne sich über die gravierenden Folgen im Klaren zu sein.

Die Schüler kommen mit der ganzen nachzuholenden Arbeit gar nicht mehr klar. Sie greifen zu Drogen wie Nikotin und Alkohol, um mit der ganzen Situation zurechtzukommen.

Jetzt sind schon fünfzehn Minuten vergangen, seit der Wecker geläutet hat. Meistens komme ich sowieso zehn Minuten, bevor die Schulglocke läutet, in der Schule an. Ich kann mir ruhig zehn Minuten mehr Zeit lassen. Nein, ich wollte ja gar nicht aufstehen. Ich bleibe stur. Meine Eltern kommen nie, um mich zu wecken. Erst dann, wenn es schon zu spät ist. Obwohl ich jeden Tag mit ihnen am selben Frühstückstisch sitze, merken sie es nicht, wenn ich verschlafe. Aber das ist mir vollkommen egal. Ich kann damit eigentlich gut leben.

Mein Bruder und mein Vater sind schon aufgestanden, es ist unüberhörbar.

Ich verspüre einen Drang, auf die Toilette zu gehen. Ich werde es noch aushalten müssen. Das wird mich nicht dazu bringen, aufzustehen.

Mein Hund stößt gerade die Tür zu meinem Zimmer auf. Das Türschloss ist ein wenig kaputt, es lässt sich nicht mehr ganz schließen. Er schnüffelt in meinem Zimmer herum. Jetzt ist er wieder draußen. Na toll, die Tür steht jetzt sperrangelweit offen. Mir egal. Ich werde mich nicht vom Fleck rühren. Ich bleibe liegen.

Es sind schon zwanzig Minuten vergangen, seit der Wecker geläutet hat.

Die Demotivation ergreift mich wieder. Mein Plan, heute nicht aufzustehen, steht immer noch.

Wenn Demotivation jedoch zu Stress führt, kann der Stress wiederum zu Depression führen.

Durch den Stress nehmen die Jugendlichen Drogen. Sie denken, die Drogen befreien sie von ihren Problemen. Das tun diese wohl auch, aber nur für einen kurzen Moment. Danach befindet man sich wieder im gleichen Zustand wie vorher. Wird dies mehrmals wiederholt, entwickelt sich daraus eine Depression. Die Drogen können ihren Zweck nicht mehr erfüllen, aber von ihnen wegzukommen ist unmöglich geworden.

Man muss sich einen Job suchen, um sich die Suchtmittel kaufen zu können. Der Job bereitet zusätzliche Arbeit neben der Schule.

Im Unterricht kommt man schon lange nicht mehr mit. Man steht unter Dauerstress.

Durch den Dauerstress findet man nicht einmal mehr

Zeit zum Essen oder Schlafen, was einen enormen Einfluss auf die Gesundheit hat.

Man wird sichtlich dünner und baut Muskeln ab. Die Depression hat schon ein so fortgeschrittenes Stadium erreicht, dass sie nicht mehr geheilt werden kann.

Jetzt sind schon fünfundzwanzig Minuten vergangen, seit der Wecker geläutet hat. Ich setze meinen Plan fort, trotz Harndrang.

Weil die Tür jetzt sperrangelweit offen steht, zieht kalte Luft herein. Ich werde wohl nie wieder in meinem Leben dieses Bett verlassen.

Mein Zimmer ist noch heller geworden. Ich schlüpfe mit einem Fuß aus dem Bett, strecke mich zum Fenster hin und ziehe die Vorhänge ein Stückchen zu. Besser. Ich tauche wieder unter die Bettdecke.

Mir fällt etwas ein. Wenn man schon ein so fortgeschrittenes Stadium der Depression erreicht hat, dass man diese nicht mehr heilen kann, wird man krank.

Depression führt zu Krankheit.

Man ist demotiviert, steht unter Dauerstress, ist drogensüchtig und hat keine Freude mehr am Leben. Man isst nichts mehr, und was gegessen wird, kommt wieder raus. Freunde, um einem da raus zu helfen, gibt es nicht mehr. Man ist auf sich selbst angewiesen. Die Eltern arbeiten den ganzen Tag und sind daher nicht zu Hause. Alles führt dazu, dass man eines Morgens nicht mehr aufwacht.

Das einst so harmlos erscheinende frühe Aufstehen führt schlussendlich zum Tod.

Ich liege jetzt schon fast dreißig Minuten im Bett, seitdem der Wecker geläutet hat.

Es ist gemütlich. Mein Magen knurrt. Ich verspüre

Harndrang.

Im Moment spricht alles dafür, aufzustehen.

Aber ich wollte ja stur bleiben. Es regnet draußen. Ist das nicht Grund genug, drinnen zu bleiben? Ich komme jetzt sowieso zu spät zur Schule, es hat gar keinen Sinn mehr, überhaupt erst hinzugehen.

Oder?

Ich stehe auf. Ich tue, was ich tun muss und lege mich dann wieder schlafen. Das ist es. Ich gehe auf die Toilette, frühstücke und putze die Zähne.

Dann gehe ich wieder ins Bett.

Oder?

Inzwischen bin ich hellwach. Ich werde sicherlich nicht mehr einschlafen.

Ich ziehe mich an. Einen Rock, einen Pullover, Strümpfe und Gummistiefel.

Ein bisschen Mascara.

Tür auf und ab in die Schule. Alles jubiliert in mir. Besonders Ironie.

Draußen ist es kühl. Es regnet immer noch, aber weniger stark als zuvor. Den Regenschirm habe ich auf dem Esstisch liegenlassen. Mist.

Jetzt kann ich gut zwanzig Minuten im Regen zur Schule gehen. Stressen brauche ich nicht. Ich gehe auf dem Gehsteig. Ich höre und rieche nichts außer Autos.

Die Luft stinkt nach Autoabgasen. Ich habe keine Lust, zu atmen.

Ich ziehe mir den Jackenkragen über Mund und Nase. Besser.

In den Autos sitzt meistens nur eine Person. Wie unnötig. Faule Verschmutzer.

Die Menschen sind so unverantwortlich.

Wie dem auch sei. Es hat keinen Sinn, sich darüber aufzuregen. Sonst würde ich vermutlich den Rest meines

Lebens damit verbringen, mich aufzuregen.

Es fängt an zu schütten. Meine Füße sind schon nass. Ebenso der Rest meines Körpers. Hoffentlich werde ich nicht krank. Der Platzregen hört wieder auf.

Die Luft stinkt immer noch. Ich habe das Gefühl, zu ersticken.

Ein Fahrradfahrer düst an mir vorbei. Fahrradfahren trotz Regen. Gut.

Ich bin fast in der Schule angekommen.

Der Lehrer ist freundlich. Erstaunlich.

Englisch.

Ich mag Englisch. Ich bin schlechter geworden. Das hol ich wieder auf.

Wir sprechen über Schönheitsoperationen.

Wieso können Menschen sich nicht so akzeptieren, wie sie sind? Außerdem ist es normal, zu altern. Jeder Mensch altert. Wieso sind Menschen angewidert davon, wie jeder einmal wird? Alt. Ich sage nur, vor der Sonne schützen und weg sind die Falten.

Biologie.

Winzige Teilchen, die unser Dasein beeinflussen. Ich würde gerne wissen, wie die Welt aussehen würde, wenn es keine Endoplasmatischen Reticula geben würde. Würde der Mensch ohne leben können? Ich bin verwirrt. Mein Kopf ist zu klein. Ich kann mir so kleine und gleichzeitig so große Sachen nicht vorstellen.

Latein.

Latein hier, Latein dort. Wo noch? In der Vergangenheit. Meine Sitznachbarin ist lustig. Meine Lehrerin nicht.

Ich habe Hunger. Wieder einmal.

Deutsch.

Raffiniert. Zeitgeschichte, endlich etwas Nützliches. Unser Lehrer ist lustig. Er lacht mit uns. Versteht uns.

Er weiß, wie er mit uns zu reden hat.
Wir reden über außereuropäische Verhältnisse.
Während ich Essen wegschmeiße, verhungert ein Kind.
Während ich in Wasser bade, verdurstet ein Kind.
Während ich mich über die Schule beklage, sitzt ein Kind auf der Müllhalde und wünscht sich nichts sehnlicher, als an meiner Stelle zu sein.
Ich muss aufhören, so zu denken. Es wird nicht besser dadurch. Es macht mich fertig.
Geschichte.
Geografie.
Psychologie.
Fertig.

Dafür der ganze Aufwand, aufzustehen. Ich bereue es nicht. Was hätte ich gemacht, wenn ich nicht zu Schule gegangen wäre?
Ich hätte meine Freunde nicht gesehen und somit meine sozialen Fähigkeiten kein bisschen verbessert.
Ich hätte nichts über meine Zukunft gelernt und wäre planlos. Durch die Planlosigkeit wäre ich dem Chaos verfallen. Durch das Chaos wäre ich in einen Stresszustand gekommen, und der hätte wiederum eine Depression hervorgerufen.
Depression, Krankheit, Tod.
Würde ich nicht immer früh aufstehen, hätte ich keine Freunde, keine Allgemeinbildung, wäre planlos und unglücklich.
Wer bin ich, mich darüber aufzuregen, früh auszustehen? Ich kann mich glücklich schätzen. Ich habe Sauerstoff in meinen Lungen, Eltern und Freunde, die mich lieben und bin kerngesund. Wer bin ich? Ich werde mich nie wieder beklagen.
Ich mag mein Leben. Ich bin glücklich.

Es ist sechs Uhr dreißig morgens.
Aufstehen. Wozu so früh aufstehen? Einfach liegenbleiben. Ja, das ist es. Ich stehe nie wieder auf.

Viola Kronas

Arbeitsstress

Tagelang zittere ich schon,
und das alles ohne Lohn.

Oft stand ich schon vor diesen Blättern,
wollte am liebsten aus dem Fenster klettern.

Gute Noten schrieb ich mit Fleiß,
doch das zu einem hohen Preis.

Nächtelang lag ich oft wach,
und dies nicht aufgrund von Krach.

Nervös sitz ich vor diesem Papier
und verzweifle schier!!!

Julian Gick

Schwarz –Weiß Effekt

Die Welt wiegt so schwer,
so schwer, dass ich mich plage.
Eine Last auf jeder Schulter.
Der Druck so hoch, dass ich versage.
Mein Kopf ist voll, mein Herz ist leer,
das Gewicht in meinem Schädel!
Mein Körper ist müde, bin ihm nicht Herr.
Ich zerbreche unter den Anstrengungen, die ich trage.
Meine Knochenbeine klappern.
Ich leide sehr und stelle mir die Frage:

Wie lange noch, ich kann nicht mehr?

Carisa Belkova

Ärger in der Schule

Kaum betritt er das feine Haus
lassen alle die Sau heraus
die Schüler rennen durch den Gang
aus dem Musikzimmer dringt feiner Klang
von falschem Gespiel auf dem Klavier
das ungeübte Schüler produzieren wofür
sie sich in der Pause hereingedrängt
und die Finger auf den Tasten gehoben und gesenkt
ganz wild und schnell bis dann der Lehrer
sie scheucht und mahnt das Spiel wird schwerer
dann rennen sie wieder gut drauf und munter
vergnügt und quatschend die Treppen hinunter
sie laufen geschwinde ans Buffet
dort steht ne Schlange die tut recht weh
nicht wegen einem giftigen Biss
doch Zeit wird vertan und Geduld vermisst
sodass nach dem Kauf vieler Köstlichkeiten
die Schüler sogleich den Weg bestreiten
ins verwünschte Klassenzimmer
wo sie's jetzt essen können nimmer
weil der Unterricht schon wieder beginnt
worüber Burschen und Mädchen nicht fröhlich sind
alsbald stürmt der Lehrer ernsthaft herbei
fragt nach Datum nach Fehlenden nach allerlei
kaum dass er sich erhebt an die Tafel zu schreiben
blitzt ein Fleck auf dem Gesäß das Bild muss bleiben
der Kreidestaub ein uralter Schüler-Streich

wird mit Handys festgehalten bis es reicht
als er es nämlich endlich merkt
hat sich sein Antlitz puterrot verfärbt
und er will den Schuldigen wissen
doch der meldet sich nicht ist dafür zu gerissen
als er zornig wieder die Kreide nimmt
sind alle merklich heiter gestimmt
ein anderer Schüler kommt herbei
er muss verkünden der Botschaften drei
vom anderen Lehrer der hat's ihm befohlen
soll er auch noch zwei Schüler zu jenem holen
doch er weiß nicht ob diese im Raume sind
er verschafft sich davon erst einmal Wind

So horcht der Schüler an der Tür
hat für Gefahren kein Gespür
muss sich für bess'res Lauschen bücken
da knallt's ihm auf den Nasenrücken
es trieft das Blut als Schmerz sich regt
das Zimmer ist wohl doch belegt!

Clarisa Belkova

Testtag bei Prof. Schmeißlinger

Erbarmungslos waren die Minuten vorbeigepirscht, und so setzten sich alle wieder an ihre Plätze, tratschten und erwarteten den Geschichtslehrer, Herrn Prof. Ulrich Schmeißlinger, einen kleinen, dünnen, aber keineswegs schmächtigen Mann von zweiundvierzig Jahren, der, seinem Verhalten nach zu urteilen, einem Zwanzigjährigen gleichkam, wie sich an dem übersprudelnden Elan, welchen er immerfort an den Tag legte, seinen unorthodoxen Lehrmethoden oder auch an seinen überdrehten Gestiken erkennen ließ. Er war einer derer, die sich als Lebenstraum in den Kopf gesetzt hatten, den Beruf des Lehrers zu reformieren, ihn zu einer Art Vorbild für Schüler zu erhöhen, der diesen nicht nur Faktenwissen vermittelt, sondern ihnen ebenfalls das Leben mit all seinen Seiten, Tücken und Glück zugleich näher bringen möchte und es verwehrt, sich nur auf das ihm zugewiesene Fach zu beschränken. Das hieß allerdings nicht im Geringsten, dass er Geschichte vernachlässigte, im Gegenteil: Mit seinem eigentümlichen System bewerkstelligte er es, sowohl den Stoff selbst durchzunehmen als auch an die Heranwachsenden Lebensweisheiten weiterzutragen, die sie nicht brauchten, aber die ihnen genehmigten, sich derweil anderweitig zu beschäftigen, da er für diese Themen weder schriftliche noch mündliche Leistungsfeststellungen verhängen konnte. Unter den Kollegen als schriller Vogel geltend und von manchen unter ihnen mit Unmut wahrgenommen und gemieden, war er für die Mehrheit der Schüler ein realer *Superman*, bei dem sich hinter der Fassade seiner Lehreridentität ein heroischer Charakter verbarg, welcher nur in Form von amüsanten Anekdoten in den Unterrichtsstunden zum Vorschein gelangte und für tobendes Gelächter zu sorgen vermochte, wenn er denn gewillt war, diese alten „G'schichtln", wie er sie bezeichnete, hervorzukramen. War er jedoch ernster Laune und somit gewillt, im eigentlichen Stoff fortzufahren, so mochte er mitunter zum Antihelden mutieren, der bei den Jugendlichen so gar keinen Anklang finden konnte.

An diesem Mittwochvormittag strotzte er nur so vor Ernsthaftigkeit und Strenge, war vollkommen mit dem falschen Fuß aufgestanden und wurde, als hätte es noch gefehlt, vom Schuldirektor Alfred Schnäble höchstpersönlich ins Büro geladen und hatte von diesem über mehrere Beschwerden des Kollegiums erfahren, die sich auf seine eigenwillige Unterrichtsgestaltung bezogen, unter anderem soll sogar die Behauptung gefallen sein, die ihm zugeteilten Klassen wären den übrigen der gleichen Stufen in erheblichem Maße hinten nach. Entrüstet hatte er diese „unverfrorene Unterstellung" zurückgeworfen und hatte sich nach Beendigung der Unterredung zur Lehrertoilette begeben, wo er sein Gesicht mit kaltem Wasser benetzt und sich im gleichen Moment im Spiegel betrachtet hatte, sich aufs Neue gefasst hatte und seine Arbeit wieder aufnahm, indem er, sein Arbeitsmaterial vom Platz geholt, in Christians Klasse marschierte, wo er von stiller werdendem Getuschel empfangen wurde. Kaum hatte er die Tür fest, dabei die Klinke stark nach unten ziehend, hinter sich verschlossen, raffte die Klasse sofort, dass diese Stunde nicht mit Erzählungen aus Herrn Schmeißlingers Vergangenheit, jenen glorreichen Zeiten als Hippie, Ruck-sackreisender in Panama oder als Statist in diversen unrühmlichen Filmproduktionen des deutschsprachi-gen Kinos auf der Tagesordnung stand und auch nichts dem Ähnelndes zur Debatte stünde. Der ingrimmige Gesichtsausdruck, die ungewöhnlich hölzerne Fuchtelei mit den Händen, welche einem Dirigenten glich, der trotz gebrochenem Zeigefinger unerschütterlich seiner Arbeit nachging, signalisierten seinen Gemütszustand und waren hinreichende Anzeichen dafür, dass der Alarmstufe-Rot-Knopf in den Köpfen der Insassen je-nes Raumes spätestens jetzt zu betätigen war.

Herr Schmeißlinger setzte sich nicht, nahm stumm, in-des seine Nasenflügel dabei auf und abebbten, als man-gele es ihm an Luft, eine Mappe, welcher er einen Stapel türkisfarbener sowie einen Stapel weißer Blätter ent-nahm und diese in leisem Gemurmel abzählte, um sie hernach so auszuteilen, dass auf jedem Tisch zwei ver-schiedenfarbige Zettel lagen. Die türkisen Blätter stell-ten hierbei Gruppe A dar, die weißen dagegen Gruppe B. Dieses Vorgehen sollte jegliche etwaigen Schum-melversuche von vornherein erschweren bzw. ganz un-terbinden, da es bekanntlich schwerer ist, Schüler, die nicht in der nächsten Nähe platziert sind, während ei-nes viertelstündigen Tests akustisch zu erreichen, und falls dies doch gelingen sollte, so war es dennoch erheb-lich schwerer, sich mit jener Person unbemerkt auszu-tauschen. Noch vor Testbeginn verbreitete sich ein Rau-nen im Klassenzimmer, welches Sekunde um Sekunde lauter geworden, den Lehrer, noch bevor er das letzte Blatt auf den Tisch abgelegt hatte, dazu veranlasste, „Ruhe" zu schreien, woraufhin alle Anwesenden blitz-artig mucksmäuschenstill wurden. „Umdrehen. Name drauf. Ihr habt zwanzig Minuten Zeit", verkündete er resolut. Spätestens jetzt war allen klar, dass jeder Protest zwecklos war. Christian drehte den türkisfarbenen Zettel um, kritzelte zittrig seinen Namen oben links in das dafür vorgesehene Feld und las eilig alle Fragen durch, wobei ihm das bei jeder einzelnen schwerer fiel, denn er erkannte, dass er nicht eine einzige mit Gewissheit richtig zu beantworten wusste. Sein pochendes Herz, welches langsam aber sicher einen Rhythmus annahm, der dem einer von einem wahrhaft tollen Freak gespielten Trommel gleichkam, versuchte er zu beruhigen, indem er sich einredete, er würde das schon irgendwie zurechtbiegen, irgendetwas bringe er schon zustande. So schrieb er drauf los, alles nieder, was im Entferntesten mit der Frage zu tun hatte und noch nicht in dieser enthalten war, sodass er, den für die Antwort vorgesehenen Platz vollgeschrieben, seine Antwort auf der Rückseite des Blattes vollendete. Bei einer anderen Frage hatte er nicht einen blassen Schimmer, was der Schmeißlinger wissen wollte. Er beschloss, die Frage zunächst einmal auszulassen und zur nächsten überzugehen, bei der sich ihm allerdings dasselbe Probleme darbot und bei jener danach wieder. „Noch eine Minute", kündigte Herr Schmeißlinger schroff an. In Panik geratend schrieb er rasend schnell hin, was ihm am treffendsten schien, obschon er noch immer nicht ansatzweise kapierte, was der Lehrer überhaupt wissen wollte, und stützte sich daher notgedrungen auf das erstbeste Stichwort, das in der Frage vorhanden war. „Abgeben", hieß es, einen Augenblick nachdem Christian seinen letzten Satz beendet hatte. Der Lehrer ließ die Tests einsammeln, warf einen kurzen Blick auf das oberste Blatt, es zeigte sich jedoch keine Regung in seinem Gesicht, und so legte er den Stapel neuerdings in die schwarze Mappe. Den Stift in die schokobraune Tischmulde gelegt, lehnte sich Chris zurück, schaukelte auf dem Sessel und kippte fast um, als ihn Jonas antippte. „Diesmal hat sich dieser Vogel selbst übertroffen. Ich mein, was geht mit dem? Woher soll ich denn das alles wissen? Das haben wir doch im Unterricht nicht einmal besprochen." „Keine Ahnung. Ich hab irgendetwas hingeschrieben. Hoffentlich zählt er das richtig, sonst bin ich geliefert. Meine Mutter wird mir Hausarrest bis Ende des Schuljahres geben, wenn ich das verhaue!" „Mir geht's ähnlich. Meine Tante hat mir 200 Euro versprochen, wenn ich mindestens einen Dreier schaff, aber wenn mein Test schlechter benotet wird, kann ich ihr 10 Euro geben." „Ein Scherz!" „Nein, ernsthaft. Ich hab mit ihr gewettet. Ich wollt mir nen neuen PSP kaufen, mein Alter ist nämlich Schrott, weil mein Hund ihn zerbissen hat." „Hast du nicht einmal gesagt, er wurde dir geklaut?" „Was, ach so, nein das war mein erster PSP. Den hat mir irgendein Spasti aus der Turnsaalgarderobe gfladert. Es muss dort passiert sein, dort ist letztens wieder etwas weggekommen. Eine ganz seltene Sammelkarte der Guntamamorishu-Reihe, der Feuerwächter Nazuo, eine der wertvollsten Karten überhaupt. Zwei Tage später hat sie der Schulwart am Jungensklo gefunden - zerrissen."

„Ihr spielt's noch mit diesem Kinderkram? Das ist doch was für Zehnjährige!", versetzte der Zwölfjährige ganz entrüstet. „Überhaupt nicht, das ist Kult! Da gibt's welche, die sind mit zwanzig noch voll dabei. Das ist Kult. Du solltest wieder einsteigen, wirst sehen, das ist genial!" „Ach, Blödsinn." „Nein, nein du siehst…" „Jonas!" schrie Schmeißlinger unvermittelt, „Ruhe jetzt! Ich hoffe für dich, sowie für euch alle, dass bei dieser Überprüfung erfreuliche Ergebnisse herauskommen werden. Ich will mir nicht umsonst die Kehle abgemüht haben! Das ganze Jahr lang…" Die sich jählings öffnende Tür unterbrach seine Rede, zur Erleichterung der Zuhörer. „Ich soll kurz was verkünden wegen…" „'Grüß Gott' heißt das, wenn man hereinkommt! Manieren habt's ihr Kinder heute, das ist ein Wahnsinn! Als ich in deinem Alter war, durfte ich mir so etwas nicht zu Schulden kommen lassen, sonst hätte das Folgen gehabt, na Servas!" „Aber ich habe doch nur…" „Still jetzt! Geh raus und komm noch mal herein, aber diesmal wie es sich gehört, zum Donnerwetter noch mal!" Der Junge stieß einen Seufzer aus, ließ die Arme demonstrativ hängen und tat schließlich, wie ihm geheißen ward. Kaum dass er sich vom Lehrer abgewandt hatte, änderte sich sein Gesicht dergestalt, dass sein Verdruss sichtbar wurde, was nur die kichernden Schüler zu sehen bekamen. „Grüß Gott. Ich soll ausrichten, dass der Nachmittagsunterricht bei Frau Prof. Föberl morgen entfällt." Ein unterdrücktes Jubeln war zu hören, ausgehend von allen im Klassenzimmer anwesenden Mädchen, von denen sich manche gegenseitig in die Hände klatschten oder nur die hochgehobene Faust nach unten zogen und dabei ein „Yess!" vernehmen ließen. „Wieso entfällt bei den Mädchen immer der Turnunterricht und bei uns nicht?" „Frag mich was Leichteres. Das ist sowieso kein Sport, was die da machen. Wenn die mal Volleyball spielen, stehen die nur dumm rum und warten darauf, dass der Ball zu ihnen hinfliegt, anstatt vielleicht mal selbst das Hinterteil zu bewegen. Oder wie die Federball spielen! Das ist ja wohl ein Witz! Die stellen sich hin und spielen sich gegenseitig zu wie die alten Weiber während eines Picknicks im Park!" Mia, die seinen Kommentar registriert hatte, meldete sich sogleich selbst zu Wort: „Ihr seid doch bloß neidisch, dass wir keine vierzig Liegestütze am Beginn jeder Doppelstunde machen müssen. Wie lautet noch mal der Spruch von Prof. Berndl, ach ja, genau: ‚Nur die Harten kommen in den Garten!', oder für die Freunde des Bauerntums: ‚An die Hacke, du Schweinebacke!'" lachte sie, ihre Tischnachbarin damit ansteckend. „Im Gegensatz zu euch haben wir keine Angst davor, dass unsere Frisur ruiniert wird, stimmt's, Jungs?" Drei Jungen, die dem Gespräch gefolgt waren, stammelten unsicher etwas vor sich her, während Jonas, der geschniegelte Lackaffe der Klasse, verstummte, das Gesicht mit ernster Miene ausgekleidet. „Danke, für eure Unterstützung." „Markus!", schrie der Professor, „Dass ich dich auch immer wieder ermahnen muss! Ruhe jetzt! Und zwar alle!" forderte er erzürnt, um die allgemeine Aufregung lahmzulegen.

Der Junge an der Tür hatte sich inzwischen in seine eigene Klasse zurückgezogen. „Also, weiter geht es! Letztes Mal sind wir bei der Hohen Kaiserzeit des Römischen Reiches stehengeblieben!" erinnerte Professor Schmeißlinger, indes seine Finger langsam über die aufgeschlagene Buchseite fuhren.

Lehrer lehren Leere

Lehrer sollen lernen lehren
und nicht „Dummgeschwätz" begehren.

Es fehlt den Lehrern an jeglicher Reife!
Sie schmier'n mit ihrem Gerede wie Seife.
Sie verstehen und können nicht, was sie reden
und verlangen Absurdes von beinah jedem.

Alles muss man sich selbst beibringen!
Dann kann Bildung und Kompetenz gelingen.
Lehrer sind unnötiger Ballast!
Für Lernwillige überflüssige Last.

Nur mit dem, was ein Schüler selber macht,
gewinnt er über Lehrer enorme Macht.

Diana Stein

Manchmal in der ruhigen Stunde

Manchmal in der ruhigen Stunde
üb' ich mich in Lebenskunde,
die man nicht in Schulen lehrt.
Aus meiner Sicht ist das verkehrt.

Man lernt das Rechnen und das Lesen,
man hört auch viel vom Heimatwesen.
Und auch die Kunde von Chemie
und von Physik vergess ich nie.

Doch was sich rundherum gestaltet,
wie wohl die Psyche sich entfaltet
durch dieses Auf und Ab des Lebens,
sucht' ich im Schulbuch ganz vergebens.

Sarah Brockhaus

Eine stinknormale Lateinstunde

Mit einem Ohr lauschte ich der eintönigen, näselnden, tonband-ähnlichen Stimme meines Lateinlehrers, während mein anderes Ohr mit sehr viel mehr Vergnügen den um einiges melodischeren Klängen von Linkin Park zugewandt war. Mein Gehirn wiederum war mit sehr viel wichtigeren Dingen beschäftigt. Schon seit mehreren Minuten quälte mich die drängende Frage, was ich heute zu Mittag essen sollte. Träge fragte ich mich, was Cäsar wohl bevorzugt hätte. Sushi oder doch eher traditionelle Pizza? Oder kannte er Sushi überhaupt schon? China hatte doch nicht zum römischen Reich gehört, oder? Ich schüttelte den Kopf. Nein, Sushi wäre wohl nicht so nach seinem Geschmack gewesen. Nachdenklich kritzelte ich ein unförmiges Ei an den Rand meines Lateinbuchs. Das Ei bekam eine lange, krumme Adlernase und ein seltsames, nestartiges Gestrüpp, das eigentlich die Haare darstellen sollte. Aber es kam Cäsar schon erstaunlich nahe, wenn man den verfallenen Marmorbüsten Glauben schenken durfte.

Der Stift kratzte unangenehm über mein Papier. Fast erwischte er noch einen Bericht über Cato – den Älteren, versteht sich. Aber vermutlich würde den Unterschied sowieso keiner der Anwesenden wissen. „Sind das Vater und Sohn?" lautete jedes Mal wieder die gleiche Frage. Zum Eselsohren bekommen! Fast bemitleidete ich den Kerl an der Tafel. Wenn er nicht jedes Mal meinen Bruder als Wut-

50

ball missbrauchen würde, wenn er mal wieder ausrastete.
Oh, apropos…

Auf einmal ging die Stimme ungefähr einen halben Ton nach oben. Unwillkürlich setzte ich mich etwas mehr auf und richtete jetzt meine ganze Aufmerksamkeit nach vorn zur Tafel. Ganz langsam krochen feine, rote Spuren am Hals des Lehrers hoch, wie Feuer, das flackerte und immer heller loderte. Dann wurde das Gesicht plötzlich rot und prall, es sah aus, als drohte es zu platzen. Krampfhaft versuchte ich, meine Fantasie in Grenzen zu halten, um die Pizza heute Mittag noch herunter zu bekommen. Die Vorstellung von einzelnen Körperteilen meines Lehrers, quer über das ganze Klassenzimmer verteilt, hatte zwar etwas Erfreuliches, aber irgendwie war es doch auch eklig. Nein, lieber nicht! Dennoch wartete ich gespannt, was jetzt als Nächstes passieren würde. Fast hätte man meinen können, er stünde wie Cäsar vor einer großen Schar Feinde, plante seinen Angriff und versuchte mit allen Mitteln, sich freizukämpfen. Wen hatte er nicht besiegen können? Germanen waren das, glaube ich. Ja, das würde passen, so wie er uns immer anschrie. Wir waren die barbarischen Germanen und er der arme Cäsar, der immer Angst vor ihnen hatte.
Langsam wurde die Farbe schon purpurn, es konnte sich nur noch um Sekunden handeln… vielleicht noch drei… zwei… eins… JA!
„Was fällt euch eigentlich ein?! Das ist hier immer noch Unterricht! Und ihr führt euch auf, als ob… als ob… als ob ich hier der große Entertainer wäre, einfach so zu eurer Unterhaltung da!"
„Glauben Sie mir, als Entertainerus würden wir Sie nie bezeichnen!", ertönte es halblaut aus der vorletzten Reihe. Der Rotton wurde noch intensiver, falls das über-

haupt möglich war.

Oh, könnte mir vielleicht einmal jemand die Eselsohren herausmachen, damit ich das nicht mit anhören muss? Warum musste ich auch unbedingt als Lateinbuch gedruckt worden sein? Hätte es nicht wenigstens Italienisch sein können? Das klang wenigstens noch einigermaßen musikalisch.

„Also, das ist ja wohl absolut unverschämt. Wir beschäftigen uns hier mit wichtigen Dingen, die ihr für euer späteres Leben gut gebrauchen könnt. Und ihr, was macht ihr…?! Und überhaupt, wenn, dann hieße das Entertainerum, weil das nämlich AKKUSSATIV IST!" Er packte das Buch, das unschuldig vor ihm auf dem Pult lag, hob es hoch und ließ es mit aller Wucht herunterkrachen. Frank reagierte gerade noch rechtzeitig und zuckte nach hinten. Dafür fiel er mit einem lauten Bumm vom Stuhl.
„Jetzt reicht es mir! Ich tue das meiner Gesundheit nicht länger an!" schrie der rote Cäsar weiter. Oder vielleicht sollte ich ihn eher mit… ach, keine Ahnung, einem jähzornigen, nichts könnenden Neptun vergleichen, wenn wir schon in Latein waren? Oder Nero, ja, der passte. Der kläffte auch immer viel und war eigentlich nur so eine seltsame Promenadenmischung. Jeden Morgen brüllte unsere reizende Nachbarin durch die halbe Nachbarschaft, als würde sie für ihre Dienste als Feuerwehrsirene bezahlt. Ja, Nero war ein guter Vergleich.

Oh je, oh je, ich habe es geahnt. Das Leben als Buch ist heutzutage nicht mehr leicht. Ständig muss man um seine wohlsortierten Buchstaben fürchten, Angst haben, als Kopfkissen für übermüdete Schüler missbraucht zu werden oder beim vertuschten Mordversuch als verschleierte Tatwaffe zu dienen. Mein armer, armer Bruder. Da lag er, ganz zerknittert, mit kaputtem Rücken und mehreren zerknüllten Ohren.

Und wenn ich dann an mein eigenes Schicksal dachte! Vermutlich musste ich heute Nachmittag wieder dazu herhalten, wenn das Mädchen erfolglos versuchen würde, noch ein paar Formel-Tabellen in ihren Kopf zu quetschen, um mich dann schließlich frustriert aufs Bett zu werfen. Und dahin auch nur, wenn ich Glück hatte. Oh je, oh je! Ich war ja nicht in weiches Leder gebunden, aber was zu viel war, war zu viel. Jedes Mal, wenn eine Schulaufgabe anstand, musste ich brav unter dem Kopfkissen liegen und dort die Nacht ausharren, aber eine Spur von Dankbarkeit, dass sie in mir alles fand, was sie im Unterricht nicht lernte? Davon konnte ich auch nur träumen. Nein, stattdessen malte sie lieber Eier mit Grasbüscheln auf dem Kopf auf meine wunderbar weißen Ränder. Dabei war ich gerade auf die immer so stolz gewesen.

Doch damit war die Vorstellung für heute noch nicht zu Ende. Offensichtlich fiel ihm jetzt ein, dass früher bei seiner Mutter in einer solchen Situation Tobsuchts- und Trotzanfälle ganz gut geholfen hatten. Ob Nero oder Cäsar so etwas auch gehabt hatten? Jedenfalls stampfte er jetzt einmal wütend auf und verkündete dann mit lauter, trotziger Stimme: „Ich gehe jetzt!"

Damit drehte er sich um und riss seine Jacke vom Hacken. Ein lautes Ritsch ertönte und ein langer Riss prangte von der Schulter bis zur Mitte des Rückens. Ein paar meiner Mitschüler kicherten verhalten. Die winzigen schwarzen Glubschaugen in der Mitte der Tomate wurden noch etwas kleiner, als er sie zusammenkniff.

Glücklicherweise – oder leider – erlöste uns in diesem Moment der Gong von allem. In der vorderen Reihe am Fenster hob Luke verschlafen den Kopf und murmelte: „Ja, hat Deutschland endlich das Spiel gewonnen?

Kann ich jetzt schlafen gehen?"

„Ihr lest Seite zweihundertdreiundsiebzig bis -fünfundsiebzig, lernt die Grammatik von heute gründlich und schaut euch die Vokabeln an. Auch du, mein Freund Frank!" erklärte der Herr Lehrer, jetzt wieder die Vernunft in Person. Dann drehte er sich um und knallte die Tür hinter sich zu. Heute allerdings fiel sie nicht aus den Angeln. Die Schlacht war für heute unentschieden.

Au, nein, nicht, au! Nein, nicht zu diesem arroganten Ding von Mathebuch. Bitte nicht. Oh Mann. Tiefer Seufz. Ganz tiefer Seufz. Wenn Cäsar wüsste, dass er jetzt eingeklemmt zwischen einer Reihe Zahlen und unsinniger Ziffern und seltsam nasal klingenden Englischwörtern war, oh, was würde ihm die Pizza wieder hochkommen. Den Feldzug nach Gallien würde er abbrechen, nur um sein Bild aus dieser Schmach zu befreien. Ja, Pergament und Runen, das waren noch Zeiten. Ach, lang, lang ist's her.

Sacrydecs

Kompetenz statt Schein

Öffentliche Schulen sind out,
„Home-Schooling" ist in.
Was man selbst lernt,
bleibt für immer im Kopf drin.

Was man verinnerlicht,
kann man mühelos praktizieren.
Dann zeigt sich wahres Können und wahres Sein:
im völligen Verzicht auf blendenden Schein.

Isabell Hochleitner

Der verrückteste Schultag

Ich betrat die Eingangshalle der Schule und hatte im Gefühl, dass dies der beste Tag in meinem Leben werden würde.

Gedankenverloren ging ich zu meinem Spind und holte mir die nötigen Bücher für diesen Schultag. Ich wunderte mich, wo meine Freundin war, die sonst jeden Tag zu mir gerannt kam, um mir die neuesten Gerüchte zu erzählen.

Die Schulklingel ertönte und die anderen Schüler um mich herum machten sich auf den Weg in die Klassenräume. Ich tat es ihnen gleich, musste mich aber noch mehr beeilen, da die Klasse im 5. Stock lag. Es war fast unmöglich, vom Erdgeschoss bis zum obersten Stockwerk rechtzeitig den Unterrichtsraum zu erreichen. Ganz knapp kam ich dort an, kurz darauf betrat schon die Englisch-Lehrerin Frau Cornwall die Klasse. In der Stunde fiel mir plötzlich auf, dass meine Freundin auch nicht zum Unterricht erschienen war. Vielleicht war sie krank? Die Stunde verlief weiterhin langweilig und ich begann zu träumen, versank regelrecht darin. Doch das sollte nicht lange anhalten, denn gefühlte 20 Sekunden später spürte ich ein Schultertippen und vernahm Geflüster um mich herum. Abrupt erwachte ich aus meinem Tagtraum und bemerkte sofort neben mir unsere erboste Frau Cornwall. Mein Gesicht lief rot an und die

Lehrerin fragte mich, ob ich wohl gut geschlafen hätte und was denn wohl wichtiger sei, als im Englisch-Unterricht aufzupassen? Verlegen stammelte ich: „Nichts, Frau Cornwall!" Sofort wurde der Englisch-Unterricht fortgesetzt. Dass ich im Unterricht einschlief, war mir zuvor noch nie passiert! Die Schulklingel ertönte nach gefühlten mehreren Stunden.
Endlich Pause!

Ich sprang sofort von meinem Platz auf, stürmte hinaus auf den Gang und steuerte geradewegs auf das Mädchen-WC zu. Plötzlich war mir richtig schlecht und ich dachte an das Frühstück, als ich einen seltsam aussehenden Apfel und ein merkwürdig riechendes Vollkornbrot mit Frischkäseaufstrich gegessen hatte. Naja, ändern konnte ich zu diesem Zeitpunkt auch nichts mehr. Die ganze Pause verbrachte ich auf dem Mädchen-WC, und als es erneut klingelte, fiel mir ein, dass ich bloß nicht zu spät zum Mathe-Unterricht kommen dürfe. In Windeseile rappelte ich mich auf, wusch mir die Hände und lief geradewegs den Gang hinunter, denn der Mathe-Raum lag in unmittelbarer Nähe zur Englisch-Klasse.

Ich wunderte mich, dass die Klassentür schon geschlossen war. Die Zeit verging heute ungewohnt schnell! Da mir Ärger drohte, wenn ich nicht rechtzeitig im Unterricht erscheinen würde, klopfte ich an die Tür, und eine unbekannte Stimme entgegnete mir ein freundliches „Herein!" Nervös öffnete ich die Tür und ahnte nicht, was mich erwartete. Ich betrat den Raum und kam mir vor wie im falschen Film. Ich stand vor der Abschlussklasse! So wie die Tafel aussah, hatten sie gerade Volkswirtschaft. Frau Louis, die Unterricht in der Klasse gab, fragte mich, warum ich hier sei. Mein Gesicht wurde rot vor Scham. Ich brachte nur ein leises „Entschuldigung" heraus und verließ sofort den Klassenraum. Als ich die Tür hinter mir geschlossen hatte, sackte ich auf den Boden und wollte nur noch im Erdboden versinken. Der Tag hatte ja schon gut begonnen! Erst der Tagtraum, dann die Übelkeit, jetzt die falsche Klasse! Wie peinlich! Ich rappelte mich wieder auf und nahm mir vor, in Zukunft erst den Stundenplan zu lesen, der an jeder Klassentür hing.

Dann endlich erreichte ich den richtigen Mathe-Unterrichtsraum und klopfte an. Ein großer, schlanker Mann öffnete die Tür, schaute mich nicht sehr freundlich an und bat mich hinein. Er fragte in einem unfreundlichen Ton, wo ich denn gewesen sei und was mir wohl einfiele, so lange vom Unterricht fernzubleiben! Ich stotterte ihm irgendeine Antwort entgegen und begab mich schnurstracks auf meinen Platz. Doch dann fiel mir siedend heiß auf, dass ich meine Tasche mit den ganzen Büchern im Englisch-Raum vergessen hatte, meldete mich und fragte, ob ich noch schnell meine Tasche holen dürfte? Der Lehrer, immer noch erbost, entgegnete nur, dass ich mich beeilen solle. Auf dem Weg zum Englisch-Raum begegnete ich im Flur einem süßen Jungen. Ich versuchte, so gelassen wie möglich zu wirken, doch dann passierte es! Vor lauter Gelassenheit bemerkte ich einfach nicht das Stück Bananenschale auf dem Boden und begrub es prompt unter meinem Schuh. Ausgerutscht! Da lag ich nun am Erdboden und wollte schon wieder vor Peinlichkeit darin versinken. Der gutaussehende Junge ging an mir vorbei zurück in seine Klasse, ich hörte ihn lediglich kichern. Vor Scham wurde mein Gesicht erneut heiß und ich beschleunigte meinen Gang. Am Englisch-Raum angekommen, stürmte ich einfach hinein. Schon wieder – die nächste Blamage! Ich stand in der Englisch-Stunde einer 3.

Klasse und die strengste Lehrerin der Schule – Frau Hebburn - unterrichtete! Ich wollte nur meine Tasche mit den Büchern holen und schnell wieder raus. Gesagt, getan, nun schnell zurück in den Mathe-Unterricht. So huschte ich vor den Augen des zornigen Lehrers zu meinem Platz. Er kam an meinen Tisch und meinte nur: „Ich hoffe, du hast alles dabei, weil genau DU kannst es dir nicht erlauben, den Stoff in Mathe zu versäumen!"

Zurück zum Unterricht.
Alle arbeiteten ungewöhnlich brav mit. Kurz vor Ende der Stunde kam unsere Direktorin, Frau Grima, in die Klasse. Alle standen auf, auch der Lehrer drehte sich um. Frau Grima war die Schuldirektorin und nett, im Gegensatz zu den meisten Lehrern an dieser Schule. Bei Problemen konnte man immer zu ihr. Deswegen war sie bei den Schülern äußerst beliebt. Frau Grima erzählte uns, dass nach dieser Stunde die Schule beendet sei, wegen einer wichtigen Konferenz. Diese Meldung hob unsere Stimmung ungemein, obwohl wir nur noch zwei Schulstunden gehabt hätten. Unserem Mathe-Lehrer sagte sie, dass er die Stunde fortsetzen könne, jedoch müsse die verlorene Zeit nachgeholt werden. Die Schüler in der Klasse stöhnten auf. Sie erklärte uns dann noch, dass wir bei Betrachtung unserer Noten mehr Mathematik-Unterricht durchaus gebrauchen könnten. Und schon verließ sie die Klasse. Wir bekamen noch weitere Aufgaben. Während des restlichen Unterrichts plante ich schon den weiteren Tagesverlauf. Zuallererst wollte ich meine Freundin zu Hause besuchen, dann würde ich ins Dorf gehen und ein paar Freunde treffen, und abends würde ich es mir in meinem Zimmer gemütlich machen. Nach zwanzig Minuten ertönte die Klingel, jeder packte in Windeseile seine Sachen zusammen und rannte aus der Klasse. Die Stunde war schnell

vergangen, dachte ich mir.

Ich beschloss, mit dem Bus nach Hause zu fahren. Im Stadtbus fand ich schnell einen Platz. Lediglich ein paar Jungen waren darin und alberten herum. Als das Fahrzeug bei der „Au-Brücke" hielt, wollte ich zügig aussteigen, bevor ich aber draußen war, stolperte ich mehr als ungeschickt und fiel der Länge nach auf meine Nase. Der Busfahrer stand auf und schaute nach, ob mir irgendwas zugestoßen war, aber ich sagte ihm, dass alles in Ordnung sei. Ich taumelte zur Bank bei der Haltestelle und setzte mich hin. Der Bus fuhr weiter und ich sah noch, wie die Jungs über mein Missgeschick lachten. Ein wenig blieb ich auf der Bank sitzen, weil mir noch etwas schwindlig war, und dachte über den heutigen Schultag nach.

Kurz darauf ging ich die paar Meter zu unserem Wohnhaus. Als ich die Tür öffnen wollte – die nächste Pleite! Schlüssel vergessen, Mutter nicht zu Hause! Sie hatte mich noch an den Schlüssel erinnert – jetzt wusste ich, warum. Meine Laune war schlagartig im Keller. Trotzdem fielen mir noch meine Hausaufgaben ein, die ich nun eben auf der Treppe erledigen konnte. Auch das ging schnell, und nun saß ich immer noch auf der Treppe – von meiner Mutter war nichts zu sehen und erreichen konnte ich sie auch nicht. Da – der Garten! – schoss es mir durch den Kopf. Ich brauchte nur ums Haus zu gehen und stand schon mitten darin. Mir fiel die Balkontür ein – auch verschlossen! Sobald meine Mutter aus dem Haus ging, verriegelte sie einfach alles. So widmete ich mich nun dem Garten, fand eine Gießkanne mit Wasser und goss die Pflanzen. Danach machte ich mich an die Arbeit, das Unkraut zu jäten. Als ich fertig war, war ich stolz auf mich. Der Garten sah ganz passabel aus und meine Mutter würde sich auch freuen, da sie ohnehin nicht genügend Zeit hatte. Enttäuscht stellte ich fest, dass gerade mal eine Stunde vergangen war. In diesem Moment hörte ich eine sehr vertraute Stimme meinen Namen rufen. Als ich um die Ecke des Hauses blickte, sah ich meine Freundin freudestrahlend vor mir stehen. Ohne etwas zu sagen umarmten wir uns beide. Ich fragte sie, wo sie den ganzen Tag gewesen war. Mit ernster Miene sah sie mich an und ich wurde sichtlich nervös. Dann wieder grinste sie mich an und meinte, dass es ihr heute nicht gut gegangen sei und dass sie deswegen nicht in der Schule gewesen war. Mir fiel ein Stein vom Herzen. Wir setzten uns ins Gras und ich erzählte ihr, was mir heute alles passiert war. Dann lachten wir beide und sie erzählte mir den neuesten Tratsch. Die Zeit verging wie im Flug. Irgendwann öffnete meine Mutter die Terrassentür und fragte uns, was wir da draußen im Gras machen würden. Wir klärten sie grinsend auf und gingen nach oben in mein Zimmer.

Als ich mich auf mein Bett fallen ließ, fiel mir dann ein, dass ich meiner Freundin noch nicht gesagt hatte, dass wir heute eh nur zwei Stunden gehabt hatten. Wir quatschten noch eine Weile, dann fingen wir an, herumzualbern, rannten durch das Zimmer und sprangen auf dem Bett herum. Mitten in der Sprunglandung krachte es plötzlich sehr laut! Das Bett brach in sich zusammen, und wir lagen lachend im Trümmerhaufen! Meine Mutter hatte nichts bemerkt und wir hatten alle Mühe, das Bett wieder aufzubauen, doch wir schafften es. Danach beschlossen wir, einen Film zu schauen, und entschieden uns für „Ted". Ich legte die DVD ein und wir lümmelten uns auf meinem etwas mitgenommenen Bett. Während des Films lachten wir ausgiebig und fanden den Film alles in allem einfach genial. Spätabends schliefen wir einfach ein. Ich hatte einen Traum von einem merkwürdigen Kampf, keine Ahnung wieso. Am nächsten Morgen weckte uns mein nerviger Wecker. Ich wunderte mich, warum mir mein rechtes Bein wehtat, betrachtete es genauer und stellte blaue Flecken fest, weckte darauf meine Freundin und erzählte ihr meinen Traum von der Schlägerei. Sie musste nur lachen, bis ich schockiert feststellte, dass wir gleich Schule hatten. Schnell richteten wir uns her und gingen nach unten an den Frühstückstisch. Meine Mutter musterte uns, ohne etwas zu sagen. Sie machte sich um mich Sorgen, dass ich irgendwann mit einem Mädchen zusammen sein könnte, weil ich selten mit Jungen zu tun hatte. Aus diesem Grund hatte ich meine Freundin vorher eingeweiht und wir kamen händchenhaltend an den Frühstückstisch. Der Blick meiner Mutter war unbezahlbar. Nach dem Frühstück gingen wir wie ein altes Ehepaar aus dem Haus und in die Schule und ließen meine Mutter verwundert am Tisch zurück.

Auf dem Schulweg begegnete ich Stefan, für den ich gewisse Gefühle hegte. Meine Freundin wusste das und lies mich mit ihm allein. Nervös ging ich eine Weile neben Stefan her und wir redeten und hatten Spaß. Vor lauter Reden achtete ich nicht weiter darauf, wo ich herging.
Und schon war es wieder passiert! Ich lief gegen ein Straßenschild. Es tat höllisch weh! Stefan konnte sich ein Lachen nicht verkneifen. Meine beste Freundin kam mir zur Hilfe, half mir auf und dann lachten wir drei herzlich über diesen Vorfall.

Schmunzelnd gingen wir nun endlich zur Schule. Ich erzählte Stefan, was mir gestern alles passiert war. Einstimmig waren wir der Meinung, dass gestern für mich der verrückteste Schultag gewesen sei, den ich so schnell nicht vergessen würde.

**

Andreas Schumacher

Das Mathegenie

Der Knallinger stieß mir im Sportunterricht
die Kugelstoßkugel frontal ins Gesicht.

Der Vorfall passierte am Mittwoch. Ich hatte
(Voll Pech, ey!) am Tage darauf eine Mathe-

klausur und das Thema hieß Geometrie.
Im Krankenbett lag ich (ein Mathegenie

bin ich, das weiß jeder, bestimmt nie gewesen),
ich fieberte heftig und hielt mich ans Lesen.

Ich las mir das Mathebuch durch, und es war
mir plötzlich verständlich und wunderbar klar.

Der Stoß hat mir quasi Erleuchtung verschafft.
Er pusht meine räumliche Vorstellungskraft.

Am Donnerstag schrieb ich dann Mathe. Ich wusste,
dass ich eine 1,5 schreiben musste,

ansonsten bestünde Versetzungsgefahr.
Mein Zirkel rotierte. Für mich war dann klar:

Die 1 ist geschrieben, die Hürde genommen.
Doch Freitag: nen Schock – einen Fünfer! – bekommen.

„5 minus" schreibt Scheible, er kanns ja nicht wissen,
auf ihn hat ja keiner ne Kugel geschmissen.

Sein *Zentrum für räumliches Denken* stagniert,
das meinige wächst und es kooperiert

mit jenem *Bereich für Moralisches Handeln*.
Sie flüstern: „Man müsste Herrn Scheible verwan-
deln."

Sie fällen das Urteil: „Herrn Scheible hilft bloß
ein assimilierender Kugelstoß-Stoß!"

Befühl mal die Kugel, ich hab jetzt gleich Mathe.
Im Traum heute Nacht war die Kugel aus Watte.

Die Installation

Die Putzfrau entsorgt meine Installation,
sie erntet den Beifall, ich ernte den Hohn.

Ich darf jetzt wahrscheinlich von vorne beginnen.
Ich müsste mich erst mal der Teile entsinnen.

Im Rausche der Schöpfung benutzt man oft Mist,
der irgendwie gut dünkt und den man vergisst,

sobald man die Sachen verschweißt hat. Punkt Eins:
Die Radioantennen von Guthmann und Heinz.

Es folgte der Auspuff vom Schwarzbeck, ein Spiegel
vom Huber, ein trauriger, winselnder Beagle,

ein Großteil vom Fahrrad vom Streicher, der Herd
vom Hauswirtschaftsraum und ein Playmobilpferd.

Ich weiß nicht, von wem ich es hatte, ich glaube
es lag hinterm Schulteich. Die Tür von der Laube

von hinter dem Schulteich war auch ein Bestandteil,
genauso vom Schuppen ein seitliches Wandteil.

Das sah schon ganz schick aus, das machte was her,
zum ersten mal dachte ich: Kunst ist nicht schwer!

Dann schellte die Glocke, ich ging eine paffen.
Ich hatte ein packendes Kunstwerk geschaffen.

Zumindest zur Hälfte. Die Glocke erklang,
ich nahm sie gleich mit und verspürte den Drang,

noch mehr bei den anderen Künsten zu borgen,
ich wollte z.B. eine Flöte besorgen.

Die Geigen warn leider zu sperrig, ich musste
sie gründlich zersägen, ich fand eine Kruste

am Arm von Amalia, die Kruste war Matsch,
das gab meinem Werk einen tragischen Touch.

«Ich muss den Protonenbeschleuniger haben,
sonst kann ich den Einser noch heute begraben»,

das dachte ich und ich enteilte schon wieder –
in Richtung Physiksaal, ich fand auch ein Mieder

(ich glaube so heißt das) im Schrank vom Physiksaal.
(Ein Künstler zu sein, ist wahrscheinlich mein Schicksal.)

Im Kartenraum fand ich nebst etlichen Globen
ein Päckchen Kondome und vierzig Mikroben.

Ich fand einen Fötus im Spiritusglas,
diverse Reptilien, ein stinkendes Gas

und irgendwann kam ich dann wirklich ans Ende.
Da stand ich und rieb mir die schwitzenden Hände,

entdeckte die letzte entstellende Lücke
und stopfte dieselbe mit Pleißes Perücke.

Ich rechnete fest mit ner Eins von Herrn Pleiße,
dann kam diese Putze und baute die Scheiße.

Von mir aus noch einmal dasselbe von vorn!
Muss bloß kurz zu Aldi, ich brauch jetzt nen Korn.

III. Ausgeschlossen

Patrick Schönfeld

Im Piranhabecken

Mein erster Tag in der Hölle war ein Montag.
Ironischerweise hatte ich mir die neue Klasse selbst aussuchen dürfen. Dabei hatte ich in etwa die Wahl zwischen einem Haifischbecken und einem Becken voller Piranhas. Nur dass in dem Becken mit den Piranhas zufällig ein kleiner Fisch schwamm, der irgendwie am Leben blieb. Entsprechend fiel die Wahl nicht schwer. Ich entschied mich für die Klasse mit einem der wenigen, wenn nicht dem einzigen Freund, den ich an der Schule hatte. Dennoch machte ich mir keine Illusionen. Bereits im Vorjahr war ich der Außenseiter meiner Klasse gewesen. Ein gewisser Ruf haftete mir an. Ich galt als jemand, der leicht zu ärgern war. Irgendwie fanden meine Mitschüler, dass ich es verdient hätte. Dazu bedurfte es nicht viel, aber in meinem Fall fanden sie dafür reichlich Gründe. Falsche Nase, keine Markenklamotten, schmächtiger als die Anderen. Wenn man so will: Ich war nicht cool.

„Geh an die Tafel und stell dich vor.“
Frau Wiesemann machte keinen Hehl daraus, dass sie nicht glücklich war, einen neuen Schüler zu haben. Von der ersten Minute an hatte sie mich misstrauisch beäugt. Auch jetzt lag in ihrer Stimme etwas Verächtliches. Der wird Ärger machen – dachte sie vermutlich. Zu gern hätte ich gewusst, was man ihr im Lehrerzimmer über mich erzählt hatte. Als ich an der Tafel stand, wurde mir klar, wie sich ein Affe im Zoo fühlen muss.

Auf dem Präsentierteller, für alle gut sichtbar und im Mittelpunkt einer gaffenden Meute. Nur war mein Gehege der Platz vor der Tafel und die gaffenden Besucher meine neue Klasse.

Keine Schwäche zeigen. Ich wollte selbstsicher wirken, souverän und cool. Einen Moment später wurde mir klar, welch ein absurder Gedanke das war. Während mein Blick durch die Klasse streifte, traf mich die Erkenntnis wie ein Blitz. Sie alle kannten mich. Manche hatten schon über mich gelacht; waren dabei, wenn man mich auf dem Schulhof fertig machte. Wie sollte ich souverän sein, wo es sich doch anfühlte, wie die Beichte bei den Eltern nach der ersten schlechten Note? In der vorderen Reihe links saß Andi. Er lächelte mich an. Ein Lächeln, das Zuversicht ausstrahlen sollte und dennoch so gequält wirkte. Für mich war es trotzdem ein Strohhalm. Ich nahm all meinen Mut zusammen und stellte mich vor. Geschafft – dachte ich.

Leider sah es Frau Wiesemann anders. Sie bat mich, der Klasse zu erklären, weshalb ich hier war. Am liebsten hätte ich sie gefragt, was das bringen sollte, warum sie das von mir verlangte. Doch bevor ich dazu kam, sah ich einen Schüler mit einem Stift im Mund. Ich hatte noch nicht ganz erkannt, was es wirklich war, da spürte ich auch schon einen feuchten Papierklumpen am Hals. Die Klasse lachte. Ich stand nur da. Dann sah ich zu Frau Wiesemann, und in diesem Moment wurde mir klar, dass diese Frau mir keine große Hilfe sein würde.

Später sollte mir mein eigenes Verhalten noch lange zu schaffen machen. Hätte ich anders reagieren sollen? Vielleicht wäre es das Beste gewesen, den Typen zu verprügeln. Ihm klar zu machen, dass ich der Falsche war, mir derart mitzuspielen.

Als ich an diesem Tag nach Hause kam, fragte mich meine Mutter, wie der erste Tag in der neuen Klasse gewesen sei. Ich machte gute Miene zum bösen Spiel und vermied es, etwas Schlechtes zu sagen. Was hätte sie schon tun können? Wahrscheinlich wäre sie in der Schule erschienen und hätte die Löwenmutter heraushängen lassen, die sie war. Sie hätte mit meiner Lehrerin geredet – in bester Absicht, und doch das Gegenteil damit erreicht.

In den nächsten Wochen versuchte ich, mich anzupassen. Ich bat meine Eltern, mir Baggys zu kaufen. Denn die waren *in*. Doch man lachte mich nur aus.
„Seht euch den an! Nur weil er Baggys hat, glaubt er, cool zu sein!“ sagten sie.
Also ging ich einen Schritt weiter. Wie alle anderen zog ich die Hosen tief nach unten, sodass man die Boxershorts sehen konnte. Auch das brachte mich nicht nennenswert weiter. Es half genauso wenig wie noch aufsässigeres Verhalten den Lehrern gegenüber, Rauchen auf dem Schulhof oder vermeintlich coole Sprüche. Alles, was ich erntete: Spott.

Unterdessen fanden meine Mitschüler immer neue Methoden, mich zu ärgern. Es flogen Papierkügelchen genauso wie Beleidigungen. Wie zufällig stolperte ich über gestellte Beine, und wenn sich die Gelegenheit bot, zog man mir die Hose runter, sodass ich unten ohne da stand.
Eine Methode jedoch sollte sich als besonders wirksam erweisen. Schnell hatten meine Mitschüler gemerkt, dass ich die fünfminütigen Pausen nutzte, um rauchen zu gehen. Auch das hatte ich einst angefangen, um mei-

nen Gleichaltrigen zu gefallen. In diesen Pausen ließ ich meinen Rucksack im Klassenraum. Als ich wieder in die Klasse kam, war unsere Englischlehrerin schon da. Mein Rucksack war jedoch verschwunden. Sobald ich das bemerkte, machte ich mich auf die Suche. Zunächst reagierte Frau Huber mit einer Mischung aus Verständnis und Genervtheit. Sie kannte ihre Pappenheimer vermutlich; wusste, zu was diese so in der Lage waren. Sie ließ mich machen. Ich fand meinen Rucksack wieder. Meine Mitschüler hatten ihn in den Mülleimer gestopft und sogar noch mit Abfällen dekoriert.

Meine Eltern hatten oft gesagt: „Je mehr du dich darüber aufregst, desto mehr Spaß haben sie. Ignorier es und es wird ihnen irgendwann langweilig". Immer wenn ich in meinem Leben geärgert worden war, hatten sie das gebetsmühlenartig vorgebracht. Es hatte sich bei mir eingeprägt. Dabei war es mir nie leicht gefallen und es hatte auch nie genutzt – wann war dieses „irgendwann"? Dennoch ignorierte ich die Aktion.
Es sollte nicht bei einem einmaligen Vorkommnis bleiben. Das Spielchen wiederholte sich. Immer dann, wenn sich eine Gelegenheit bot. Mal war es der Rucksack, mal einzelne Stifte oder gar mein ganzes Mäppchen. Die Sachen fanden sich an den verschiedensten Orten wieder: unter anderem auf dem Schrank, hinter der Heizung und natürlich im Mülleimer. Natürlich versuchte ich keine Angriffsfläche zu bieten und bemühte mich, meine Sachen nicht aus den Augen zu lassen. Doch es gelang mir nicht. Irgendeine Möglichkeit fand sich immer.

Schon die ständige Suche war zermürbend. Doch es sollte sich schnell als mein kleinstes Problem erweisen. Frau Huber fand nämlich, dass ich lernen müsse, auf meine Sachen aufzupassen. Fortan bestrafte sie das Ergebnis der Taten meiner Mitschüler, indem sie mir für fehlende Arbeitsmaterialien eine Sechs in ihrem Notenheft notierte. Alle Versuche, sie davon abzubringen, waren vergeblich. Zu dem anfänglichen Gefühl gesellte sich ein anderes: Verzweiflung.

Das Spiel wiederholte sich. Beinahe jeden Tag verschwanden meine Sachen und ich kassierte dafür schlechte mündliche Noten.

Nach einigen Monaten hatte ich es satt. Wenn ich morgens aufwachte, wollte ich am liebsten liegen bleiben. Jeden Tag rechnete ich mit einer neuen Demütigung. Wem sollte ich mich anvertrauen, fragte ich mich. Was konnte ich tun? Ich wollte mich meinen Eltern anvertrauen, rechnete aber damit, dass es die Situation verschlimmern würde. Doch ich fand, dass es so nicht weiter gehen konnte. Mittlerweile hatte ich eine beachtliche Anzahl von mündlichen Sechsen, blauen Flecken und Schrammen angesammelt. Jeder Tag glich einem einzigen Spießrutenlauf. Was würden Sie sich heute einfallen lassen? Wie konnte ich dem entgehen? Manchmal dachte ich darüber nach, es einfach zu beenden. Irgendeinen hohen Punkt suchen und herunterspringen. Doch jedes Mal erwachte der Lebensgeist in mir, der feste Wille, nicht aufzugeben. Wie würden meine Eltern sich fühlen, meine Großeltern – meine Schwester? Würde es nicht auch eine Genugtuung für meine Mitschüler sein? Diese würde ich ihnen nicht geben.

Zunächst entschied ich mich, den Unterricht öfter zu schwänzen. Mal nur einzelne Stunden, später täuschte ich Bauchschmerzen und andere Krankheiten vor, um zum Arzt statt zur Schule zu müssen. Eine Zeit lang half das. Es reduzierte die Zeit, in der ich den Anfeindungen meiner Mitschüler ausgesetzt war. Mit jedem Tag, an dem ich mich vor der Schule drücken konnte, ging es mir ein wenig besser. So konnte es aber nicht weiter gehen. Ich verpasste viel Schulstoff, und an den nicht verschwänzten Tagen konnte ich dem Unterricht kaum folgen. Eigentlich kümmerte es mich wenig. Doch mit den ersten Klassenarbeiten kamen erneut die schlechten Noten. Am Anfang des Jahres hatte man mir eindringlich gesagt, dass ich mich verbessern musste, wenn ich nicht ohne Abschluss dastehen wollte. Ein zweites Mal konnte ich nicht wiederholen.

Zudem wurde meine Mutter immer misstrauischer, wenn ich wieder einmal über irgendwelche Beschwerden klagte. Das kannte sie nicht von mir. So oft war ich nie krank gewesen.

An einem Morgen fragte sie mich, was los sei. Irgendetwas würde mit mir doch nicht stimmen.

„Ich habe einfach nur Bauchschmerzen", log ich.

Sie glaubte mir nicht. Immer wieder hakte sie nach. Schließlich konnte ich es bald nicht mehr für mich behalten. Ich erzählte ihr alles: Die täglichen Anfeindungen, das Verstecken meiner Sachen, das Bein stellen durch meine Mitschüler und natürlich die Reaktionen von Frau Huber. Während ich es ihr erzählte, sah ich in ihr Gesicht. Es durchlief verschiedene Veränderungen. Blickte sie im einen Moment noch verwundert, wich der Gesichtsausdruck irgendwann einem verärgerten Gesichtsausdruck und schließlich war ein deutlich wütender Gesichtsausdruck zu sehen. Natürlich konnte ich nur erahnen, was in ihr vorging. Aber ich wusste, was sie machen würde.

Am nächsten Tag fuhr meine Mutter mich in die Schule. Wir hatten in der ersten Stunde Mathe und erst in der zweiten Stunde Unterricht mit Frau Wiesemann.

Meine Mutter sah es als ideale Gelegenheit, mit ihr zu reden. Sie tat meine Einwände ab, dass es alles nur schlimmer machen würde. Wie viel schlimmer könnte es noch werden, fragte sie. Außerdem würde sie meine Lehrerin bitten, nicht zu erwähnen, dass sie mit ihr gesprochen hatte.

Ein verbissener Gesichtsausdruck stand im Gesicht von Frau Wiesemann, als sie in der zweiten Stunde die Klasse betrat. Dennoch ahnte ich nicht, was dann passierte. „Ich hatte heut morgen ein interessantes Gespräch mit der Mutter von Simon", erklärte sie der Klasse. Alle Blicke ruhten plötzlich auf mir, der ich wenig überrascht, eher schockiert drein blickte.
Frau Wiesemann berichtete, was meine Mutter ihr erzählt hätte. „Muttersöhnchen!", rief jemand aus den hinteren Reihen. Ohne denjenigen zu beachten, sprach sie weiter und erklärte, dass dies nun eine Klassenkonferenz sei. Was die Klasse dazu zu sagen hätte, wollte sie wissen.
Viele Hände zeigten auf, darunter die von Andi. Sie nahm ihn dran und er ergriff Partei für mich. Seit dem ersten Tag hätten mich die Mitschüler auf dem Kieker, und die Lehrer sähen nicht nur weg, sie beteiligten sich sogar! Unauffällig nickte ich.
„Was hast *du* gemacht?", wollte sie plötzlich von mir wissen.
Ich verstand nicht, was sie von mir wollte. Nur ein müdes Schulterzucken brachte ich auf. Dann senkte ich den Kopf. Bitte lass das hier schnell zu Ende gehen, sagte ich in mich hinein.
Sie beharrte darauf. Etwas müsse ich ja gemacht haben, dass die Klasse so reagiere. Auch das Verhalten von Frau Huber wäre nicht verwunderlich. Immerhin käme es ja oft genug vor, dass ich meine Schulsachen vergessen

würde. Dann fragte sie erneut die Klasse. Einer von denen, die aufzeigten, war Marcel. Ein etwas kräftiger Typ mit Pausbacken-Gesicht, der mir sehr oft das Bein gestellt und sich am Verstecken meiner Sachen beteiligt hatte.

„Er hat mich Hurensohn genannt!", erklärte er, als sie ihn aufrief.

Überrascht sah ich ihn an. Klar, es stimmte. Einmal hatte ich mir nicht anders zu helfen gewusst, als mit einer solchen Beleidigung zu reagieren. Aber es schien mir ziemlich unverfroren von ihm, dass gerade er sich als erster meldete – um zu petzen. Unterdessen sprach mich die Lehrerin an.

„Und du wunderst dich, von deinen Klassenkameraden geärgert zu werden? Wenn du mit solchen Ausdrücken um dich wirfst, brauchst du dich doch nicht wundern!"

„Das ist doch lächerlich!", rief Andi hinein. „Fragen Sie Marcel doch mal, was *er* gemacht hat!"

Frau Wiesemann ignorierte ihn und nahm den Nächsten dran. Ich würde ständig den Unterricht stören, mich häufiger abfällig über die Mütter meiner Klassenkameraden äußern, und sogar den Mädchen an die Brüste packen. Eine meiner Klassenkameradinnen bestätigte das. Ich hätte ihr im Vorbeigehen an die Brust gepackt. Ich schüttelte nur verwundert den Kopf. Die Unterhaltung driftete ins Groteske ab! Meine Klassenkameraden erfanden nun Dinge, die ich getan haben sollte.

„Stimmt das?", wandte sich Frau Wiesemann wieder an mich.

„Das ist gelogen!", sagte ich nachdrücklich.

„Du lügst doch, wenn du den Mund aufmachst!", rief eine meiner Mitschülerinnen. Frau Wiesemann machte keine Anstalten, mir zu glauben. Sie fand, dass ich wenigstens ehrlich sein sollte. Den Mädels einfach an die Brüste packen, das sei ein starkes Stück. Darüber würden wir noch mal gesondert reden müssen. Sie sagte sogar, dass ich mich nicht wundern solle, wenn mich die betroffenen Mitschülerinnen dafür anzeigten.

Die ganze restliche Stunde wurde dieses Gespräch weitergeführt. Immer neue Anschuldigungen wurden aus der Luft gegriffen und mir angelastet. In einigen wenigen Fällen schien es Frau Wiesemann an den Haaren herbeigezogen. Viel öfter jedoch hinterfragte sie es, wenn ich eine Anschuldigung abstritt. Warum meine Klassenkameraden so etwas erfinden sollten, wollte sie wissen. Ich wusste darauf keine Antwort. Bevor das alles anfing, hatte ich ihnen doch gar nichts getan! Wieder einmal kam ich mir sehr allein vor. Nur Andi hielt während des Gesprächs zu mir.

Dann meldete sich jemand, der bisher geschwiegen hatte: Jonas, der Banknachbar von Andi. Erst in diesem Augenblick realisierte ich, dass er einer der wenigen Unbeteiligten war. Eben einer von denen, die auch nie etwas zu den Vorkommnissen gesagt hatten. Er fragte, ob es nicht auf der Hand läge, weshalb sie sich so was ausdachten.

Jonas war einer von den strebsameren Schülern. Er alberte nur selten und zeigte immer pflichtbewusst auf, wenn er etwas zum Unterricht beitragen wollte. Oft waren es Menschen wie er, die als Streber verschrien und dafür geärgert wurden. Doch an Jonas trauten sie sich nicht ran. Er war einer von der kräftigeren Sorte, nicht sonderlich muskulös aber eben auch kein Waschlappen. Im ruhigen Ton erklärte er, dass ich in der Klasse der Außenseiter sei. Dass die Schüler mich zu ihrem persönlichen Frustventil erklärt hatten. Nur das sei der Grund, weshalb sie sich so etwas ausdachten. Vieles von dem, was sie sagten, hätten sie sich ausgedacht. Er könne es auch nicht mit Bestimmtheit sagen, aber er glaube auch nicht, dass ich irgendeinem der Mädels an die Brüste gefasst hätte. Selbst eine Schnapsdrossel wie sie müsste das doch erkennen!

Unwillkürlich war seine Stimme lauter geworden. Frau Wiesemann fiel plötzlich die Farbe aus dem Gesicht. Das Gerücht, dass sie immer einen Flachmann mitführte und daraus heimlich trank, war legendär an unserer Schule. Doch niemand hatte es je gewagt, es in ihrer Anwesenheit auszusprechen. Hinter ihrem Rücken zog es dagegen große Kreise. Selbst der Rektor hatte davon schon gehört und man hatte sie gerüchteweise einer Kontrolle unterzogen, bei der ihr nichts nachzuweisen war.

Ihre Stimme überschlug sich, als sie darauf reagierte: „Was hast du da gerade gesagt?"

Jonas zuckte mit den Schultern. Er wiederholte das Gesagte nicht.

„Von vielen hätte ich so was erwartet, aber nicht von dir, Jonas!" Es würde sicherlich Folgen haben.

Kurz bevor es zur Pause klingelte, wandte sie sich erneut an mich. Ich solle erwachsen werden und mich den Problemen mit der Klasse stellen. Später im Leben wäre auch niemand mehr da, der mich verteidigen würde. Also solle ich gefälligst sehen, dass ich mich in die Klassengemeinschaft integriere. Ich war dankbar, als die Pausenglocke erklang.

Ich wollte einfach nur raus und weg von der Schule. Hastig griff ich nach meiner Schultasche, verließ schnellen Schrittes die Klasse und lief über den Hof, bis zur Bushaltestelle. Hinter mir hörte ich die Stimmen von Jonas und Andi, die mir gefolgt waren und mir nachriefen, dass ich doch stehen bleiben solle.

An der Bushaltestelle setzte ich mich auf die Bank und blickte auf den Boden. Dann stand ich auf, fluchte und trat gegen das Bushäuschen. Jonas packte mich an der Schulter.

„Das bringt doch nichts", sprach er ruhig. Dann fluchte er selbst. „Was für Arschlöcher!"

Andi nickte und meinte: „Und dass die Mädels da mitmachen…"

Mir war nach Weinen zumute. Ich hatte langsam keine Kraft mehr. Es lag noch mehr als ein halbes Schuljahr vor mir und ich wusste nicht, wie ich das weiter aushalten sollte. Doch in dem Moment, wo die Beiden mich ansprachen, geschah etwas in mir. Unwillkürlich sah ich Jonas an.

„Danke", sagte ich leise.

Es galt beiden, aber von Jonas hatte ich es nicht erwartet. Dass irgendjemand außer Andi für mich in die Bresche springen würde, hatte mich überrascht. Trotz all dem Kummer sah ich darin eine Art Hoffnungsfunke. Plötzlich musste ich lächeln. „Du hast sie Schnapsdrossel genannt!"

„Musste mal gesagt werden", meinte er und lächelte ebenfalls.

„Was meinst du, was für eine Strafe wirst du dafür bekommen?"

Er zuckte mit den Schultern. „Vielleicht nachsitzen. Und wenn, werd ich einfach nicht auftauchen."

Andi fing an zu lachen.

„Du strebsamer Musterschüler willst dich deiner Strafe entziehen?", stichelte er.

„Na klar. Soll sie doch meinen alten Herren anrufen!"

An diesem Tag gingen wir drei nicht mehr zurück in die Schule. Andi, Jonas und ich gingen in die Stadt und aßen dort ein Eis. Wir wussten, dass es Ärger geben würde, aber in diesem Moment war uns das egal. Für heute hatten wir in der Schule genug erlebt.

Wir saßen sehr lange in dem kleinen Eiscafé inmitten der Innenstadt mit ihren vielen Fachwerkhäusern und redeten. Jonas meinte zu mir, dass ich mich einfach mal wehren müsse. Es einfach zu ignorieren würde nichts bringen. Besser wäre es, den Typen einmal Respekt einzuflößen. Ob ich mal darüber nachgedacht hätte, Kampfsport zu machen, wollte er wissen? Das hatte ich nicht. Er erzählte mir, dass er seit Jahren Judo machen würde und dass es gut für die Selbstsicherheit wäre.

Als ich nach Hause kam, gestand ich meiner Mutter, dass wir nach der zweiten Stunde geschwänzt hatten. Wütend erzählte ich ihr, was mir ihre Aktion einge-bracht hatte. Ich erzählte ihr von der Idee, Kampfsport zu machen, auf die Jonas mich gebracht hatte. Sie war ihr gegenüber nicht vollständig abgeneigt. Vielleicht wäre es ja gar nicht mal so eine schlechte Idee. Wegen des Selbstbewusstseins natürlich. Mir müsse nämlich klar sein, dass Gewalt keine Lösung ist. Noch am selben Tag besuchten wir das örtliche Fitnesscenter, in dem unter anderem Karate- und Kickboxen-Kurse angebo-ten wurden. Ich dürfe an einem Probetraining teilneh-men, erklärte uns der Trainer. Erst mal wollte ich aber nur zusehen. Ich beobachtete, wie die anderen mitein-ander trainierten.

Einer schrie auf, weil er beim Training einen schmerz-haften Tritt abbekommen hatte. Die Jungs, die dort trainierten, waren alle deutlich kräftiger als ich. Dieses Training zu sehen, jagte mir eine gehörige Portion Res-pekt ein. Ob das wirklich das Richtige war?

In den nächsten Wochen und Monaten in der Schu-le änderte sich nicht viel. Der einzige Unterschied war, dass Jonas von der Klasse nun als derjenige wahrgenommen wurde, der den Außenseiter in Schutz genommen hatte. Jonas war damit selbst zum Außenseiter geworden. Er verbrachte in den kommenden Monaten viel Zeit mit uns, und wir unternahmen auch außerhalb der Schule etwas. Meine Situation bedrückte mich noch immer. Allerdings waren es nun zwei Leute, die auf meiner Seite waren. Das machte es zumindest ein bisschen einfacher. Außerdem behandelten ein paar wenige Schüler Jonas mit einer gewissen Ehrfurcht. In seinem Beisein wagten sie es nicht, mich anzugreifen. Als ich mir dessen bewusst wurde, kam ich mir etwas lächerlich vor, denn was war ich für ein Waschlappen, dass ich einen Beschützer brauchte? Andererseits war ich dankbar dafür, dass es die ganze Situation zumindest ein bisschen entspannte.

Bei der Besprechung der Halbjahresnoten deutete sich dann an, dass ich das Jahr vermutlich wieder nicht schaffen würde. Einige meiner Noten hatte ich, verglichen zu den Vorjahresnoten, zwar verbessert, aber es gab immer noch Fächer, in denen ich zu schlecht stand. Eines davon war wenig überraschend Englisch. Frau Huber rückte von ihren mündlichen Noten nicht ab. Mitsamt der eher durchschnittlichen schriftlichen Leistung brach mir die Endnote letztlich das Genick. Das Steuer noch mal herumreißen, versuchen, die Noten in den schlechten Fächern noch zu verbessern – dazu fehlte mir einfach der Elan. Ich wusste also bereits, dass ich die Schule vermutlich verlassen musste.

Einmal suchte ich das Gespräch mit der Vertrauenslehrerin. Sie erklärte mir, dass die Möglichkeit bestünde, die Schule zu wechseln. Mit Blick auf die verbleibende Zeit in der Schule und darauf, dass die nächstgelegene Schule eine Stunde Fahrt pro Tag bedeutete, entschied ich mich dagegen.

Am Ende des Jahres ließ ich Andi und Jonas auf der Schule zurück. Für mich endete die Schule zeitgleich mit den Schülern der Jahrgangsstufe, die ich im Jahr zuvor nicht geschafft hatte.

Ihr Abschluss wurde in einer großen Feierlichkeit begangen. Der Rektor sprach gewichtige Worte darüber, dass erst jetzt der Ernst des Lebens anfange. Darüber, dass sie stolz sein könnten, einen Abschluss zu haben. Mich konnte er damit nicht meinen. Ich war ein Zuschauer dieses Spektakels, bei dem ich mit der Klasse zusammensaß, die mich schikaniert hatte.

Eine Klasse, der ich mich nie zugehörig gefühlte hatte.

Samson Cvetkovic

Schularbeit

Ich saß an meinem Tisch
und starrte gebannt
auf den Zettel mit den Aufgaben
und auf das leere Heft vor mir.

Zehn Minuten später
saß ich immer noch am Tisch
und hatte den Zettel bereits mehrmals
gründlich studiert.
Das Heft aber war immer noch leer.

Ich ließ meine Blicke
durch das Klassenzimmer schweifen
und blickte zu den anderen Schülern.
Die meisten von ihnen
fuchtelten mit ihren Kugelschreibern,
Füllern und Bleistiften
in ihren Heften herum,
als würden sie mit dem Sensenmann
ums Überleben kämpfen.
Es war die letzte Schularbeit im Schuljahr,
und für viele entschied sie
über das Aufsteigen in die nächste Schulstufe.
Hätte mich nicht gewundert,
wenn auf ein paar von ihnen
daheim wirklich die Sense wartete,
wenn sie mit einem Fetzen

nach Hause gekommen wären.

Für mich war der Zug ohnehin längst abgefahren.
Ich machte mir keine Hoffnungen mehr,
das Jahr erfolgreich abzuschließen,
und diese Schularbeit stellte für mich
nichts weiter als ein notwendiges Übel dar.

Ich blickte nach vorn zur Professorin.
Sie blätterte in ihrer Modezeitschrift herum
und hatte die Beine wie immer
lasziv übereinander geschlagen,
sodass ihr Rock ein Stück nach oben rutschte
und mal wieder mehr von ihr offenbarte,
als gut für sie war.
Sie hielt sich für nen ganz heißen Feger,
aber sie war nicht mal Durchschnitt.

Ich nahm den Kugelschreiber in die Hand,
beugte mich über mein Heft
und begann es mit Zahlen zu füllen.
Ich nummerierte es
nach den Beispielen auf dem Arbeitsblatt
und schrieb zu jedem Beispiel
ein paar Rechnungen,
Variablen,
Gleichungen
hinein,
damit es nicht so trist aussah.

Dann stand ich auf,
ging nach vorn zur Professorin
und gab meine Schularbeit ab.
Es waren noch mehr als dreißig Minuten
bis zum Ende der Stunde übrig.
Sie sah mich mit einem Lächeln an,
als würde sie signalisieren wollen:
Ich bin viel besser als der Rest der Welt,
eigentlich dürftest du mich nicht mal ansehen!
Und sagte:
Was ist, Cvetkovic,
schon fertig?

Ja,
antwortete ich,
die Beispiele waren einfach.

Ich ließ mein Heft und das Arbeitsblatt
auf ihrem Tisch liegen
und verließ das Klassenzimmer.

Eine Woche später
bekamen wir die Arbeiten zurück.
Ich erreichte mehr als die Hälfte der Punkte
und bekam einen Vierer.

Und für Frau Professorin brach eine Welt zusammen.

Respekt verschaffen

Zu den ersten Handgreiflichkeiten
kam es während des Turnunterrichts.
Wir spielten Abschießen.
Niko war der beste Werfer im Klassenzimmer.
Er hatte nach jeder Turnstunde
die meisten Abschüsse,
und ich fing ein paar seiner härtesten Bälle,
ohne mit der Wimper zu zucken.

Das passte ihm nicht in den Kram,
und er kam nachher in der Umkleidekabine
zu mir
und sagte:
Glaubst du,
du bist jetzt ne große Nummer,
nur weil du ein paar meiner Bälle gefangen hast?
Bild dir bloß nichts darauf ein.

Ich sagte nichts,
setzte ein Lächeln auf,
und zog mich an.

Plötzlich griff er meinen Arm,
und sagte,
hörst du nicht,
dass ich mit dir rede?

Genau in diesem Augenblick
kam der Turnlehrer in die Umkleidekabine gerannt
und brüllte:
Verdammt,
was ist hier los?

Niko ließ von mir ab,
und wir riefen beide im Chor:
NICHTS!

Die nächsten Tage
machte er mich dann immer wieder
dumm von der Seite an.
Er hielt sich für einen großen Hengst,
weil er schon mehrere Freundinnen gehabt hatte,
und dachte,
dass ihm niemand etwas anhaben könnte.

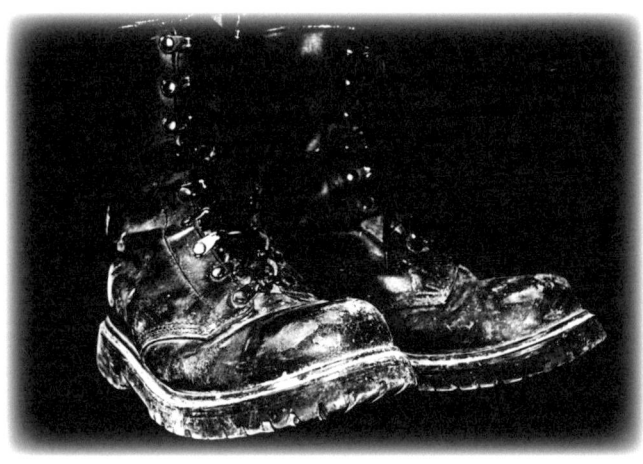

In einer der großen Pausen
ging ich dann zu ihm
und sagte:
Ok, du Hengst,
lass uns das klären wie Männer.
Heute nach dem Unterricht,
im Park vor der Schule,
nur du und ich.

Ich forderte ihn auf ein Duell in der Sandkiste heraus.
Ein Kampf im Sand,
so wie bei den alten Gladiatoren,
sollte ein für alle Mal klären,
wer der härteste Knochen
in der Grundschule war.

Nach dem Unterricht ging ich zum vereinbarten Ort.
Unser Duell hatte sich herumgesprochen,
und es kamen nicht nur Schüler
aus unserer Schulklasse,
sondern auch aus den anderen Klassen.
Burschen sowie Mädchen tauchten auf,
um dem Spektakel beizuwohnen.
Und nicht nur die Gutaussehenden kamen,
sondern auch die Allerhässlichsten.
Alle wollten sie sehen, wer den Sieg davontrug.

Wirklich alle kamen.
Alle außer Niko.
Der tauchte nicht auf.
Er verließ die Schule durch den Hinterausgang
und machte sich aus dem Staub.

Eine Woche lang kam er nicht zur Schule,
und alle hatten plötzlich
ne Menge Respekt vor mir.
Dann tauchte er wieder auf,
und nach einer weiteren Woche
war er wieder der große Macker
auf dem Schulhof.

Aber mit mir
legte er sich nie wieder an.

Mein erster Arbeitgeber

Ich war in der achten
oder neunten Klasse,
und brauchte dringend Geld.
Ich war ständig pleite.
Meine Eltern hatten kaum Geld,
und das, was sie hatten,
wollten sie nie mit mir teilen.

Also musste ich mich
nach anderen Einnahmequellen umsehen.

Es gab da diesen Rico,
der in dieselbe Klasse wie ich ging.
Er war gestopft.
Sein Vater besaß eine Firma,
und er lief ständig
mit einer neuen Uhr am Handgelenk
und neuen Designerklamotten
herum.

Ich kam auf die Idee,
mich für Scheiße, die ich baute,
bezahlen zu lassen.
Rico gefiel die Idee.
Er hatte sowieso immer zu viel Geld
in der Tasche.

Und so fing dann alles an.
Ich simulierte während der Stunde
einen Herzinfarkt,
Rico gab mir einen Fünfer,
ich aß einen verfaulten Apfel,

Rico gab mir einen Fünfer,
ich rannte nackt durch die Schule,
Rico gab mir einen Zehner,
ich wälzte mich während eines Ausfluges
nackt im Schnee,
Rico gab mir einen Zwanziger,
ich legte während des Unterrichts
einen Striptease hin,
Rico gab mir fünfzehn Mücken.

Ich machte dieses und jenes,
und jedes Mal war Rico zur Stelle,
um mich auszuzahlen.

So schaffte ich es,
mein löchriges Konto ein wenig aufzupolieren
und mir hin und wieder
ein ordentliches Mittagessen zu kaufen.

Es war kein schlechter Deal.
Ich brauchte dringend Geld,
und Rico hatte immer Geld,
die ganze Schule hatte was zu lachen,
und ich musste nicht hungern.

Es musste ja niemand wissen,
dass ich den ganzen Scheiß,
den ich anstellte,
auch umsonst gemacht hätte.

Kampf ums Pausenbrot

Ich war neun
und nicht schlecht im Turnunterricht.
Er war zehn,
beschissen im Turnen,
und einen Kopf größer als ich.

In der großen Pause,
ich war gerade dabei,
mein Käsebrot zu vertilgen,
kam er zu mir
und schlug mir,
einen rechten Haken
in die Magengrube,
weil ich sein Mädchen
angemacht hatte.

Ich ließ das Brot fallen,
hielt mir den Bauch
und schnappte nach Luft,
während er zu seinem Tisch zurückging,
um sein Wurstbrot zu essen.

Ich hob mein Käsebrot vom Boden
und warf es in den Müll.
Dann ging ich zu meinem Widersacher
an den Tisch,
und noch bevor er auch nur einen Bissen
nehmen konnte,
stürzte ich mich auf ihn
und nahm ihn in den Schwitzkasten.
Er stand auf
und versuchte mich zu Boden zu werfen,

aber ich hing an ihm
wie ein Kampfhund an seiner Beute.
Keine zehn Pferde
hätten mich von ihm loslösen können.
Nach einigen Sekunden
ging er in die Knie,
aber ich dachte nicht daran,
ihn loszulassen.

Doch dann kam die Lehrerin
ins Klassenzimmer gestürzt
und trennte mich
von meiner erlegten Beute.
Er blieb am Boden liegen
und bekam keine Luft.

Die Schulärztin wurde geholt,
um ihn zu verarzten,
während ich zum Direktor musste,
wo ich einem heftigen Verhör
unterzogen wurde.

Durch diese Aktion
wäre ich fast von der Schule geflogen,
aber wenn ich die Zeit
zurückdrehen könnte,
würde ich es genauso
wieder machen.

Ich mochte den Typen
sowieso noch nie,
und an jenem Tag
war er eindeutig
zu weit gegangen.

Gut,
ich hatte sein Mädchen angemacht,
aber deswegen musste er mich doch nicht
um mein Käsebrot bringen.

Der Neue

Sie wollten mich nicht mehr
auf dem Gymnasium haben.
Vor allem ein Deutschprofessor,
der den Namen eines Gewürzes trug,
engagierte sich mit aller Macht dafür,
dass ich die Schule wechselte.

Ich hatte eine Hauptschule
in der Nähe meiner Wohnung gefunden,
die auf so einen wie mich
nur zu warten schien.

Der besagte Professor,
der erst seit diesem Jahr
mein Klassenvorstand war,
konnte an dem Tag,
an dem ich die Schule wechselte,
sein Glück kaum fassen.
Seine Augen glänzten
und er strahlte über das ganze Gesicht,
als er sah,
dass ich über die Schwelle der Eingangstür schritt
und ihm klar wurde,
dass ich nie wieder zurückkehren würde.

Der erste Tag in der neuen Schule
verlief ohne besondere Ereignisse.
Ich wurde meinen neuen Klassenkameraden vorgestellt
und saß sonst die meiste Zeit teilnahmslos
in der Gegend herum.
Es gab dreißig Schüler in der Klasse,
davon waren zwei Österreicher
und der Rest waren Ausländer.
Und nun war auch ich da.

Am zweiten Tag
hatte ich dann schon meine erste Schularbeit.
Ich trat unvorbereitet an.
Ich wusste ja nicht,
dass gleich am zweiten Tag
eine Englischschularbeit
auf mich warten würde.

Die Aufgaben waren einfach.
Zu einfach.
Ich füllte alles aus
und gab die Arbeit nach zwanzig Minuten ab.
Ich hätte sie bereits nach zehn Minuten abgegeben,
aber ich ließ den Typen neben mir
ein wenig abschreiben.
Die Sache musste einen Haken haben,
dachte ich.
Es war einfach viel zu leicht.

Eine Woche später
bekamen wir unsere Arbeiten zurück.
Es gab keinen Haken.
Ich hatte keinen einzigen Fehler,
bekam eine glatte Eins,
und war plötzlich der Streber in der Klasse.

Auf den Spuren eines Kriminellen

Das waren noch Zeiten,
als ich keine Sorgen hatte,
keine Verpflichtungen,
keine lächerlichen Vorgesetzten,
die meinen Schädel
mit hirnlosem Müll füllten
und mich zwangen,
lächerlichen Tätigkeiten nachzugehen
und mir meine Zeit raubten,
als ich noch keine Rechnungen
zu bezahlen hatte,
-ich bezahle sie zwar auch heutzutage nicht,
aber ich weiß,
ich müsste sie bezahlen,
und das macht mich fertig-
als ich an nichts denken musste,
außer wie ich auf die Schnelle
ein Klo finden konnte
oder ein stilles Plätzchen,
wo ich mir in Ruhe
einen runter·holen konnte.

Es war in der zweiten oder dritten Klasse
des Gymnasiums,
als ich und ein paar Kameraden
jeden Tag in der großen Pause
zum nächstgelegen Supermarkt gingen,
um uns etwas zum Essen zu kaufen.

Ich ging zum Regal mit den Süßigkeiten,
schnappte mir zehn bis fünfzehn Stück
von diesen quadratischen Schokoladen,

die damals zehn Schilling das Stück kosteten,
und ließ sie in meinem Rucksack verschwinden.
Dann schnappte ich mir eine Dose Pepsi,
bezahlte diese an der Kasse
und verließ ruhigen Gewissens
den Laden.

Vor der Schule
machte ich dann das große Geschäft,
ich verscherbelte die Beute
für fünf Schilling das Stück
an andere Schüler.
Drei oder vier Stück
ließ ich immer bei mir,
um sie selbst zu essen.
Ich aß zu der Zeit so viel Schokolade
wie nie noch nie zuvor im Leben
oder danach.

Es war ein gutes Leben,
das ich führte,
ich hatte die Taschen immer voll Geld
und musste mir um nichts Sorgen machen,
ich schiss auf alles
und jeden,
aber meine Karriere als Kleinkrimineller
endete abrupt,
als ich bei einem Diebstahl mit einem Komplizen
geschnappt wurde.
Ich wurde angezeigt,
bekam eine Vorstrafe
und stellte seitdem das Klauen ein.

Aber ich lernte meine Lektion.
Wenn du es als Krimineller zu etwas bringen willst,
dann mach's selbst,
verlass dich niemals auf einen anderen.
Zieh das Ding selbst durch
oder lass es bleiben.

Wenn ich groß bin

Es war in der zweiten Klasse.
Ich saß in der hintersten Reihe,
und dann sagte die Lehrerin:
So,
und jetzt erzählt mir jeder von euch,
was er werden möchte,
wenn er groß ist.

Von vorne ging es los.

Bäcker,
Arzt,
Anwalt,
Müllmann,
Schauspieler,
Lehrer,
Buchhändler,
LKW-Fahrer,
Modedesigner,
Tierarzt,
Kammerjäger,
Reporter

und so weiter.
Sie fragte alle durch,
bis in die hinterste Reihe,
und dann kam ich dran.

Ich stand auf und sagte:
Superheld!

Ein paar lachten,
die meisten sagten nichts.
Die Lehrerin
blickte mich böse an
und forderte mich auf,
mich zu setzen.

Ein paar Jahre später,
auf dem Gymnasium,
fragten sie uns wieder,
was wir werden wollten,
sobald wir einen ordentlichen Schulabschluss
in der Tasche hätten.

Ich saß wieder in der hintersten Reihe,
und es kamen wieder die Standardantworten
wie Rechtsanwalt,
Richter,
Polizist,
Chirurg
und der ganze übliche Stuss.

Dann war ich an der Reihe.

Ich stand auf
und sagte:
Pornodarsteller.

Alle im Klassenzimmer lachten.
Nur die Professorin lachte nicht.
Sie sah mich bloß böse an
und forderte mich auf,
mich zu setzen.

Ich setzte mich hin.

Ich weiß ja nicht,
was aus den anderen wurde,
aber ich wurde weder Superheld
noch Pornodarsteller.

Handschellen sind nicht nur aus Eisen

Die Sonne stand empfindlich hoch am Himmel, viel zu hoch, so empfand sie. Innerhalb von zwei Stunden belastete sie dieses grelle Licht, welches ihrer gegenwärtigen Stimmung entsprach wie einem Erstklässler ein langer Lateintext. Wo war sie hier nur gelandet? Adrett, einem Idealbild gleichend, saß sie in einer der scheinbar unbefleckten Reihen und hatte sich soeben gewagt zu sagen, dass jenes Bild an der Wand eine schwarzfigurige griechische Vasenmalerei war. Der erhabene Rest der Klasse johlte, obwohl diese Menschen nicht einmal über richtig oder falsch urteilen konnten. Die Antwort war zu exotisch, somit unpassend und sie selbst, die gerade entdeckte tropische Pflanzensorte auf europäischem Boden, wurde innerhalb von Lichtsekunden aus der Liste der Top Ten radiert. Man wollte nicht wissen, was schwarzfigurig in diesem Zusammenhang bedeutet hatte. Wozu auch?

Die Kommunikation funkte in dieser Klasse via Handy durch die Mauern und alle, die Schachtelsätze benutzten, galten als kompliziert.

„Philipp, kannst du mal den Stuhl runter stellen?"

„Ich werde mich wohl dazu ermannen."

„Hä?", fragte ein Marylin-Monroe-Blondchen mit wertvollen Plastikohrringen, als rede Philipp Hebräisch.

„Ich werde es schon schaffen.", sagte er erklärend.

„Musst du immer so reden, als wenn man's aufschreiben könnte?", beschwerte sich eine hektische Mädchenstimme. Philipp sagte nichts, er wusste, es war zwecklos.

Ebenso sinnhaft fand sie es, diese kichernde Masse voller leerer blauer Augen über griechische Formenelemente aufzuklären. Scheinbar gab es Menschen, die sich nicht vorstellen konnten (oder wollten), dass Gleichaltrige einen größeren Wortschatz besaßen als sie selbst. Etwas wirklich besser zu wissen war ein ungeschriebenes Verbrechen, alle Betroffenen dieser Krankheit wurden durch modernes Atmen bestraft, denn diese vermaledeiten Sprachidioten wussten natürlich nicht, was das neue i-Phone war geschweige denn konnte.

Eine Katastrophe. Seit der verdammten Vasenmalerei pappte ihr Hals von allein zu, die Zunge klebte trocken am Gaumen, die Augen schwirrten orientierungslos durch den Raum und sie fühlte sich in unsichtbaren Fesseln verstrickt. Daher beschloss sie, von nun an dem ach so geliebten Rest ganz allgemein zu antworten, auch wenn dadurch ihr Original abhanden käme.

„Wie geht es dir?", wurde sie an einem der nächsten Tage von Frank gefragt.

„Gut. Wetter ist schön, nicht?"

Der Unterricht begann und die Schlinge lag locker an ihrem Hals. Alle fünfundvierzig Minuten wiederholte sich dieses Spiel, dem sie nicht entweichen konnte. Manchmal glaubte sie, egal was sie tat, sie wurde nicht komplett verstanden, dabei kam sie doch nicht aus dem Ausland. Wenn die anderen es so empfanden, warum sagten sie es nicht direkt? Sie würde allein deswegen nicht weglaufen. Das täte sie am liebsten, wenn sie jeden Tag dieses nicht vorhandene Getuschel hörte. Inmitten der ersten Unterrichtsstunde, die sie mit dem „Schönen-Wetter-Satz" begrüßt hatte, musste sie plötzlich an eine Zeile aus einem der berühmtesten Musicals denken. „Sie reden über jeden und die ganz besonders

Blöden über dich." Beinahe hätte sie geweint, doch das hätte keiner verstanden.

Die Masse war roh und sie reihte sich ein, um zu überleben. Überleben, überleben, überleben… Weiter, weiter, weiter… Nur nicht zu viel denken.

Die Sonne schien im August fast immer, nur nicht in ihre Seele hinein. Sie wünschte sich Novemberregen, der stach nicht gleißend durch die Augen.

Peter Borjans-Heuser

Pisa

Gegacker auf dem Hühnerhof:
„Unsre Küken sind so doof!
Wo wir uns doch so bemühten
mit der Aufzucht, mit dem Brüten!
Unser Klassenhühnerhaus
brütet doofe Küken aus!"

Da erhob sich großes Flennen
bei den Hähnen und den Hennen:
„Jedes Ei, sobald gelegt
wurde doch so gut gepflegt!
Haben sie sogleich sortiert,
Güteklassen eingeführt,

dass sie sind bei Ihresgleichen,
hier die Armen, dort die Reichen,
hier die Dummen, dort die Schlauen.
Denn das fördert Selbstvertrauen,
wenn man weiß, dass man nicht stört,
wo man einfach hingehört.

Manche dummen Eier wollen
leider leiteraufwärts rollen.
Wer's versucht, hat schnell entdeckt:
Hühnerleitern sind verdreckt.
Überwiegend, schlappschlappschlapp,
wie auf Seife geht's bergab.

Güteklassenhühnerleitern
lassen schwache Küken scheitern.
Wer's nicht packt, nicht Halt gefunden,
rutscht auf Hühnerschiet nach unten.
Unten ist man abgeschoben.
Umso schöner ist es oben!

Dort sind Gute unter sich.
Das ist sicher förderlich.
Und die Küken mit Problemen
können sich gemeinsam schämen.
Das ist tröstlich und gerecht:
Denn wer unten ist, ist schlecht."

Der Bauer kam von seinem Acker
und vernahm das Huhngegacker.
„Was ist mit dem Federvieh?
Hühnerhaus scheint irgendwie
alt, kaputt, total beschissen.
Werd' es wohl entfernen müssen."

Peter Borjans-Heuser

Fehler

Heut habe ich kein Glück erlebt.
Die Arbeit war zurückgegebt,
am Rand die Korrekturen,
wo sie auch hingehuren.

Die Fehler zu berichtigen,
tat Lehrer uns verpflichtigen.
Ich holte Stift und Tinte,
dass ich sofort beginnte.

Ich schreibte mit nem super Schwung,
was mir auch wirklich gut gelung.
Ich nehmte mir was vor,
als ich so korrigor:

Der Lehrer, der sonst Pickel kriegte,
was an den blöden Fehlern liegte,
der mögte heut mich loben,
weil ich so viel geschroben.

Doch wär er fast im Schock gebleibt,
als er sah, was ich geschreibt.
Dann schrie er: „Zum Verzweifeln!
Du wirst es nie begreifeln!"

Weil dieser Fehler ihm geschiehte,
er lachte und Gesicht verziehte.
So hat es sich begebt,
dass ich doch Glück erlebt.

Christiane Höhmann

vierzehn

sie ist eingeladen
außenseiterin klassenpetze lehrerliebling
quatscht englisch in den englischstunden
doch endlich die frage kommst du
heute abend auch zur klassenparty ja
ich gehöre doch dazu habe
sogar eine jeans zum anziehen

schummrige räume betrunkene
mädchen auf jungenschößen
hände unter den t-shirts
gelächter du auch hier wir haben
was für dich da den kleinen
süßer komm her hier ist deine

lass dir die hände unter den pullover schieben
oder renne von raum zu raum
nimm den martini
schlucke die scham herunter
und laufe zum u-bahnhof
ehe es bitter aus dir
herausbricht.

ausgeschlossen

heute haben sie mich mitgenommen
achselzuckend na gut na los
im kaufhaus ist es warm und ich
ich bin heute nicht allein hier
stark wir mädchen fünf unter tausend
ganz anders als ihr

vergessen das schweigen blicke wechseln
wenn ich mich dazustelle
ungehört verhallte fragen worum
geht es wer ist eingeladen
es dauert lange
bis ich merke dass mein name nie
fallen wird die party ja
die wird cool
ich drehe mich um

heute haben sie mich mitgenommen
achselzuckend na gut na los
im kaufhaus ist es warm
ich gehe zu den uhren
die da die will ich schon lange
die helle mit dem schwarzen armband doch
so viel habe ich noch nicht zusammen
ich drehe mich um

im kaufhaus ist es warm
eben standen sie noch bei den taschen lachend
stark wir mädchen fünf unter tausend
das kaufhaus voller menschen
dreht sich um
mich.

Horst Decker

Herbstwind

Der Neue nervte total. Bei allem, was man sagte, kam sofort sein Zwischenruf, dass er es auch gewusst hätte, nur besser. Er war zwar erst nach den Herbstferien auf unsere Schule gekommen, aber in Anbetracht seiner ständigen Überheblichkeiten erschienen die wenigen Tage mit ihm bereits jedem in unserer Klasse als jenseits aller Zumutbarkeit.

Alles war bei ihm größer als bei den anderen, wenigstens das, was man sah und überprüfen konnte, denn bei dem Nichtsichtbaren hatten wir längst unsere eigene Theorie entwickelt.

Das fing bei dem Auto seiner Eltern an, mit dem er jeden Morgen zur Schule kam und das wenigstens zwei Stufen oberhalb der Möglichkeiten aller Lehrer lag und endete noch lange nicht bei seinem Radiergummi, das angeblich ein Privatimport aus Riad war.

Hatten wir einen normalen Schulfüller, so war seiner eine wenigstens dreimal mal so große Einzelanfertigung eines Londoner Designstudios und besaß eine echt goldene Kappe.

Konnte ein Schüler eine 10 cm große Bubble-Gum Blase produzieren, so dauerte es keine Woche und er kam mit einer Spezialkaugummimischung aus Texas, mit der er spielend bis zu einen Meter große Kaugummiblasen erzeugen konnte.

Nur drei Dinge konnte er nachweislich nicht. Das waren Deutsch, Mathematik und der Rest der Schulfächer. Aber das störte niemanden.

„Der kommt mal ganz nach oben", sagten alle Lehrer, „und dabei wollen wir ihm doch keine Steine in den Weg legen." Die Wahrheit war aber wohl, dass sie genau das befürchteten, dass er dank seines Elternhauses politische Karriere machte und ihnen dann jede Fünf und Sechs fünf- und sechsfach heimzahlte. Eine Eins kann man schlimmstenfalls einfach vergelten. Konsequenterweise erhielt er daher durchweg Einser.

Schrieb er zum Beispiel eine völlig fehlerhafte Deutscharbeit, so argumentierte der Lehrer: „Ja, das ist schon eine großartige Leistung, mit einem so unhandlichen Füller überhaupt so viele Worte schreiben zu können, was mir selbst nie gelungen wäre. Und da meine eigene Leistungsfähigkeit das Maß meiner Notengebung ist, muss ich diese Arbeit trotz der Kürze und der vielen Fehler mit voller Punktzahl bewerten."

Waren alle seine Mathematikaufgaben falsch, so erklärte der Lehrer, dass dies nicht an mangelnder Leistung, sondern dem zum Radieren zu großen Radiergummi läge, sodass es dem Schüler unmöglich gewesen war, die Fehler zu beheben, was ansonsten natürlich vollständig geschehen wäre. Also müsse er bei seiner Benotung von der Wunschrealität der vollständig korrigierten Fehler ausgehen.

So ging es in jedem einzelnen Fach.

Als wir dann in Physik die Aerodynamik durchnahmen, erklärte er unserem Lehrer, dass er den größten Drachen der Welt habe und er daher vorschlüge, den momentanen Herbstwind zu nutzen, um die Gleichung von Bernoulli ganz konkret in der Praxis zu erproben. Jeder solle einfach seinen Drachen mitbringen und mit Bespannung und Anstellwinkel experimentieren.

Nun, kein Lehrer konnte diesem Mitschüler etwas ausschlagen, und da sich eine solche Exkursion nur lohnte, wenn man hierzu den gesamten Morgen nutzte, kam der Schuldirektor auf die Idee, dass alle Schüler an dieser Veranstaltung teilnehmen sollten, da ansonsten Stundenplanprobleme unvermeidbar seien.

So begab es sich, dass am nächsten Morgen der Westhang oberhalb unseres Ortes voller lustig dahinschwebenden Drachen war.

Unser Mitschüler lächelte über diese vielen kleinen Durchschnittsdrachen und präsentierte mit unverhohlener Großspurigkeit seinen Monsterdrachen, der extra mit einem LKW angeliefert worden war. Aber so sehr er sich auch nur bemühte, sein protziges Wunderwerk der Technik wollte und wollte nicht in die Luft steigen. Nachdenklich rieb sich der seinem Schützling zu Hilfe eilende Physiklehrer das Kinn, dann lockerte er die Bespannung ein wenig, damit der Wind sie stärker aufblähen konnte und vergrößerte den Einstellwinkel, indem er die Halteschnur an der Kielleine ein wenig nach vorne verschob.

Und der Wind fuhr in den Drachen, wölbte die Oberfläche, sodass die obere Strömung einen weiteren Weg zurücklegen musste als die Unterströmung, und wie von Bernoulli behauptet, entstand so an der Oberseite ein Sog, der den Drachen höher und höher anhob. Und da die Windstärke mit steigender Höhe zunimmt, das Bernoulliprodukt aber konstant bleibt, musste der Sog mit zunehmender Höhe immer größer werden. Als die Halteleine des Drachens erschöpft war, hob unser Mitschüler gänzlich vom Boden ab und stieg höher und höher, bis er ganz, ganz oben war, so wie es die Lehrer prophezeit hatten.

Nur die Vorstellung, dass er dann Böses mit Bösem und

Gutes mit Gutem vergilt, erwies sich mangels Gelegenheit als falsch, denn er ward nie wieder gesehen. So entging ihm auch, dass ihm der Physiklehrer vorsichtshalber für seine vorzügliche Präsentation der Auftriebslehre vorbehaltlos und ehrlichen Herzens eine Eins mit einem Plus und zwei Sternchen eingetragen hatte.

IV. Was wurde eigentlich aus F.?

Andreas Schumacher

Problemschüler in vierzig Jahren um die Welt

Von Erdkunde hieß es doch immer: „Ein Lernfach!"
Da bin ich nun wieder. Ich nehm es als Kernfach

(so sagt man doch heute?), obwohl mir das Lernen
nicht leicht fiel in jenem vergangenen, fernen

Jahrhundert. Doch glaub mir: Ich habe die Erde
umrundet und dabei erkundet. Ich werde

dem Werner beweisen, wie weise sein Rat war.
(Wie richtig er lag, Mann, wie holprig der Pfad war!),

„nach vorne" zu „schauen", mein „Ziel" zu „verfolgen-
wie clever ich war, seine Tipps zu befolgen!

Ich hasste die Geographie wie die Pest,
schrieb laufend nur Sechsen, da kam mir beim Test

(beim unangekündigten Test) die Idee,
das Weite zu suchen. Weswegen? Herrje,

ich hab's doch gesagt, Mann, mein Erdkundewissen
war tabula rasa, hör auf mich zu dissen!

Der Werner befahl mir, die Karten zu holen
(Die reine Schikane!), ich folgte – in Polen

beschloss ich, ich würde mich dahin bequemen,
die Sprüche vom Werner wortwörtlich zu nehmen.

„Hol Karten!" und „Geh deinen Weg!" und derglei-
chen,
„In Erdkunde kannst du noch vieles erreichen!"…

So ging ich tatsächlich komplett um die Welt,
verdiente als Zechprellermeister mein Geld,

genoss meine Freiheit, verbrannte im harten
sibirischen Winter den Großteil der Karten

und kam über China nach Japan und heute,
da kenn ich die Länder, das Leben, die Leute.

Hier bin ich nun wieder, recht glücklich und ferner
verlang ich Asyl in der Siebten bei Werner.

Hier sind auch noch Karten, ganz prächtig erhalten-
das Schulhaus… ich seh schon… fast alles beim Alten-

Herr Werner in Rente? Mit Siebenundsechzig?
Das trifft nun tatsächlich recht eigentlich schlecht sich!

Dann pfeif ich aufs Abi und mach eine Lehre
als Tagdieb – du Bankert, ich habe die Ehre.

Die Mutter erwartet mich längst mit dem Essen.
Genieße die Schulzeit und lass dich nicht stressen!

Diana Stein

Das erste ungelenke Wort

Das erste ungelenke Wort
schrieb ich schon im frühen Hort.
In der Schule, Schritt für Schritt,
nahm ich weit're Worte mit.

In der späten Jugend dann
wuchs auch die Zahl der Worte an.
Über die Jahre im Büro
ging es lange weiter so.

Heute nun, in späten Jahren,
hab ich Müh, das zu bewahren,
was sich über Jahre schon
befindet hoch in meinem Thron.

Susanne Ulrike Maria Albrecht

Bittere Rache

Jetzt konnte sie sich endlich rächen.

Die Zeit der Abrechnung war gekommen.

Theresa Paulsen lächelte triumphierend ihrem Spiegelbild zu.

Sie war voll freudiger Erregung, endlich konnte sie ihren lang gehegten Racheplan in die Tat umsetzen.

Zufälle gibt es keine!

Dies war der eindeutige Beweis dafür!

Es war die Fügung des Schicksals, die sie mit ihrer Erzfeindin Klara Brecht zusammenführte.

Klara Brecht ahnte nichts von ihrem gemeinsamen Schicksal, das durch einen Mann bestimmt wurde.

Peter Martens war und blieb für Theresa Paulsen die große Liebe ihres Lebens.

Aber er entschied sich für eine andere.

Für Klara Brecht, wie sie später herausfand.

Und eben diese Klara Brecht war jetzt ihre neue Arbeitskollegin.

Ein Jahr lang hatte sie alle möglichen Rachegedanken und wusste nicht genau wie – aber sie wusste immer, dass sie ihrer Rivalin Klara Brecht, die nichts von ihrer gemeinsamen Liebe wusste, alles, aber auch wirklich alles heimzahlen würde.

Sie wusste jetzt genau, wie sie vorgehen musste.

Alles war ganz einfach.

Ihre Siegesfreude hätte sie am liebsten in die Welt hinausgeschrien.

Zuerst würde sie sich mit Klara Brecht anfreunden, ihr Vertrauen gewinnen und sie aushorchen. Ja, und dann würde sie die schlimmsten Gerüchte über sie verbreiten, ihr das Leben zur Hölle machen.

Theresa Paulsen fand, dass Klara Brecht das perfekte Mobbingopfer sein würde. In ihrer eiskalten Berechnung war Theresa Paulsen fest davon überzeugt, diese Klara Brecht sogar in den Selbstmord zu treiben.

Am Anfang schien der Plan auch hervorragend zu klappen. Doch das Ende kam völlig anders als erwartet.

Klara Brecht wusste nicht mehr, was sie tun sollte.

Sie war zutiefst verletzt und verzweifelt.

Jeden Tag wurden die Mobbingattacken ihrer Kolleginnen aggressiver und schlimmer.

Sie hatte Angst, zur Arbeit zu gehen. Am liebsten hätte sie alles hingeworfen. Das Geld brauchte sie notwendig, um sich und ihre kleine Tochter einigermaßen über Wasser halten zu können. Ganz zu schweigen von dem Schuldenberg, den ihr Ex-Mann Peter ihr hinterlassen hatte, bevor er sich auf und davon machte. Das Einzige, was sie wirklich noch am Leben hielt, war ihre Tochter Pia. Die Kleine war wirklich ein Geschenk des Himmels. Für sie musste sie kämpfen und stark sein.

In den vielen schlaflosen Nächten überlegte sie immer wieder, was wohl der Grund für das Mobbing sein konnte.

Zum Glück war da ja noch Theresa Paulsen, dachte sie. Aber war das wirklich ihr Glück?

Plötzlich fiel es ihr wie Schuppen von den Augen.

Jetzt erst wurde ihr bewusst, wie einfältig und vertrauensselig sie gegenüber Theresa war. Auf einmal war alles ganz klar. Nur Theresa konnte der Auslöser für das Mobbing gewesen sein. Ihr hatte sie die Probleme und

Sorgen anvertraut, die sie plagten.

Theresa hatte sie eindeutig ausgehorcht und die frei erfundenen Geschichten über sie verbreitet.

Eigentlich waren die anderen Kollegen nur die typischen Mitläufer.

Die Wurzel allen Übels war diese Schlange Theresa Paulsen, ihre selbst ernannte Freundin.

Klaras Zorn steigerte sich zur Wut.

Noch heute würde sie Theresa zur Rede stellen!

Sie war erstaunt über sich selbst. Irgendwie fühlte sie sich mutig und erleichtert. Als wäre eine zentnerschwere Last von ihren Schultern genommen.

Klara war es nur recht, dass sie und Theresa an diesem Abend länger arbeiten mussten.

Die anderen waren schon alle nach Hause gegangen.

Sie sollte noch eine Bestandaufnahme des Lagers machen.

Unerschrocken und beherrscht konfrontierte Klara ihre „Freundin" Theresa mit den Fakten und Tatsachen.

Diese wies hysterisch schreiend all die berechtigten Vorwürfe von sich.

Am nächsten Morgen fand man Theresa Paulsen im Lager.

Am eigenen Büstenhalter erdrosselt.

Von diesem Tage an hatte Klara ihre Ruhe und wurde nie wieder gemobbt.

Frank Stückemann

Kaufpreis zufriedener Kunden

Haben Sie Lust, für dreißig Euro den Arbeitsplatz Ihres Nächsten zu gefährden, dessen Betriebsklima zu vergiften, Existenzen auf's Spiel zu setzen und ganze Familien in den Ruin zu treiben? Dann beteiligen Sie sich an der Kundenbefragung, die augenblicklich in einer großen ortsansässigen Lebensmittelkette durchgeführt wird.

Glauben Sie aber nicht, Ihren Judaslohn schon als Informant für die erstbesten Fragebögen verdienen zu können, die man ihnen dort präsentiert. Diese sind von unverdächtiger Harmlosigkeit, gewissermaßen die Schokoladenseite der Innenrevision. Obwohl vom Ergebnis her bedeutungslos, dienen sie doch als Kontaktaufnahme und Eignungstest für den eigentlichen Spitzeldienst. Sind Sie bereit, an weiteren Befragungen teilzunehmen? Würden Sie für diesen Zweck Ihre Adresse hinterlegen? Das sind die entscheidenden Fragen, die Sie bejahen müssen, um ins Geschäft zu kommen. Erst dann wird man Ihnen die wirklich wichtigen Unterlagen zusenden; alles Weitere vollzieht sich konspirativ zwischen Ihnen und dem Innenrevisor, also hinter dem Rücken der gesamten Belegschaft, die selbstverständlich von ihrem künftigen Glück nichts ahnt.

Hier werden Sie endlich nach dem Namen derer gefragt, die Sie bedient haben (denn die Bedienungen tragen ihre Namensschildchen nicht nur zwecks besserer Partnervermittlung). Hier können Sie endlich Ihrem Unmut nach Herzenslust die Zügel schießen

124

lassen. Muss ein zureichender Grund vorliegen? Nein, es reicht, wenn Ihnen die Nase einer Verkäuferin nicht passt oder wenn Sie zufällig mit dieser Person als deren Nachbar oder Vermieter noch ein Hühnchen zu rupfen haben, sei es wegen des losen Mundwerks, loser Sitten, loser Schuhbänder. Je nichtiger der Anlass, um so selbstzufriedener werden Sie dann in Kürze feststellen, wie man vor Ihnen, dem König Kunde, wieder gebührend strammsteht. Allein deswegen lohnt es sich schon, seinen Nächsten als Faulpelz, Trunkenbold, alte Schlampe, arrogante Schnepfe, schamloses Flittchen oder geilen Bock anzuschwärzen. Schreiben Sie, was immer Ihnen der Heilige Geist eingibt, was immer Sie an Tratsch und übler Nachrede gehört haben: Derartige erzieherische Maßnahmen werden den Betroffenen nur zum Besten dienen.

Und weiter: Gibt es sonst noch etwas, das Ihnen an dem Laden nicht passt? Zum Beispiel die Anordnung der Mülltonnen und der nicht mehr gebrauchten Pappkartons sowie Obst- bzw. Gemüsekästen im hinteren Bereich, der normalerweise nicht eingesehen werden kann und darum auch viel zu wenig kontrolliert wird? Die Innenrevision wird sich freuen, dass es so aufmerksame Höhlenforscher gibt wie Sie. Auch wenn Sie nicht um die Zuständigkeit in den einzelnen Abteilungen Bescheid wissen können, auch, wenn sich aus diesem Grund leider kein Mitarbeiter namentlich in die Pfanne hauen lässt: man findet mit Sicherheit den Schuldigen, der Ihren Missmut auszubaden hat. Alles hat seinen Preis, und auch Sie können etwas für Ihren Service tun. Verlangen Sie nicht nur Unmögliches, d.h. den üblichen Einsatz, sondern immer wieder wirkliche Opfer, die, wie Sie als guter Christ wissen, nur in Demut, Selbstverleugnung und Bereitschaft zum Kreuz bestehen.

Natürlich werden jetzt wieder die üblichen Moralapostel vor Betroffenheit und Entrüstung aufjaulen, ja sogar in ihrer selbstgerechten Ignoranz derartige Methoden als Perfidie diffamieren. Aber diese armen Irren sind ja auch derart ideologisch vernagelt, dass sie einfach die ungeheueren Vorteile solcher Methoden nicht mehr erkennen wollen. Wenn man Kosten sparen, das Personal drücken und zufriedene Kunden haben will, dann gibt es nichts Besseres und Billigeres, als das noch weitgehend ungenutzte Denunziationspotential derselben auszuschöpfen. Es ist da, in überreichem Maße sogar, aber es liegt brach und wartet nur darauf, sich um eines geringfügigen Vorteils willen wem auch immer anzudienen.

Sodann bietet dieses ausgeklügelte System der Mitarbeiterbespitzelung eine äußerst sinnvolle Ergänzung zu der Installation von Spiegeln und Videoüberwachung. Jeder glaubt noch, diese dienten der Verhinderung von Ladendiebstählen, obwohl sich mittlerweile langsam herumgesprochen haben dürfte, dass sie ebenfalls zur Hebung der Arbeitsmoral von nicht geringem Nutzen sind. Nur lassen sich innere Einstellung, Privatleben, Gesinnung, Gewissen und Intimsphäre der Belegschaft damit nicht überprüfen. Hier sind die Spitzeldienste verdeckter Ermittler unbedingt erforderlich – und wer wäre unverdächtiger als ein Kunde im Laden?

Ferner ist die Benutzung der eigenen Kundschaft ungleich kostengünstiger als die Einstellung von professionellen Probeeinkäufern. Auch lässt sich der Kundenstamm dadurch langfristig an das Geschäft zu binden: Unter drei Großeinkäufen in sämtlichen Abteilungen, die natürlich selbstlos aus eigener Tasche bezahlt werden müssen, ohne den dreifachen Zeitaufwand beim Ausfüllen der jeweiligen Fragebögen (jeweils sechs Seiten) kommen Sie nicht an Ihren Judaslohn. Da spreche mir noch einer vom Rückgang ehrenamtlicher Tätigkeit in Deutschland! Natürlich haben dreißig Euro einen wesentlich geringeren Gegenwert als dreißig Silberlinge. Aber dafür wiegen die dreißig Euro auch nicht so schwer auf Ihrem Gewissen wie das Blutgeld des Judas, wenn Sie denn dessen übermäßige Empfindsamkeit teilen sollten: Für diesen läppischen Betrag brauchen Sie sich wahrlich nicht bei Ihrem Ehrbegriff behaften zu lassen und sich womöglich am nächsten Maulbeerbaum aufknüpfen!

Deshalb: Denunzieren Sie guten Gewissens! Sie werden nicht für die Einhaltung des Achten Gebotes bezahlt, im Gegenteil: Wer wollte, wie Luther in seinem Kleinen Katechismus erklärt, den Nächsten entschuldigen, Gutes von ihm reden und alles zum Besten kehren? Das können Sie tun, wenn Sie Satiren schreiben wollen; die Wirklichkeit, insbesondere die ökonomische, sieht anders aus. Und ihrem Diktat haben wir uns alle zu beugen, koste es, was es wolle. Also: Machen Sie sich frei von diesen alten Zöpfen; bei der Übertretung anderer Gebote stellen Sie sich doch auch nicht so zimperlich an! Den Nächsten belügen, verraten, verleumden oder seinen Ruf verderben, darum geht es! Schließlich sind in unserer jüngeren Geschichte Arbeitskollegen, enge Freunde, ja selbst nächste Angehörige für sehr viel weniger, um nicht zu sagen: aus selbstlosem Idealismus den jeweiligen Geheimdiensten ans Messer geliefert worden. Helfen Sie mit beim betriebsinternen Mobbing! Tun Sie das Ihre, damit dringend benötigte Arbeitsplätze wieder frei bzw. nach ihrer Wegrationalisierung hierzulande in umso größerer Anzahl bei unseren Nachbarn in den Billiglohnländern eingerichtet werden können. Flexibilität und Mobilität sind gefordert! Wo man, wie etwa auf Sumatra oder Sri Lanka, seinen Urlaub verbringt, wird man wohl auch selbstverständlich einen neue Arbeitsstelle annehmen können.

Und noch ein Letztes: Über die Folgen Ihres Tuns brauchen Sie sich keine Gedanken zu machen, womit ich natürlich nicht die Konsequenzen für die betroffenen Mitarbeiter des Ladens meine; um diese haben Sie sich ja ohnehin niemals gekümmert. Es geht hier natürlich und ausschließlich um die Folgen für Ihr persönliches Leben und Wohlbefinden. Und da dürfen Sie völlig beruhigt sein, denn Sie werden auch in Zukunft guten Gewissens und aufrechten Hauptes durch's Leben gehen, ohne je Ihr Gesicht zu verlieren. Es ist rechtlich gar nicht möglich, Sie für Ihr Tun zur Verantwortung zu ziehen, da „alle von Ihnen gemachten persönlichen Angaben dem Datenschutz unterliegen", wie es in dem Anschreiben des Revisionsleiters so schön heißt. Und wir wissen: Diese Bestimmungen zum Datenschutz werden in unserem Lande sehr streng eingehalten – vor allem betroffenen Opfern gegenüber.

Thomas Rackwitz

klassen, treffen

was wurde eigentlich aus f. der alten quasselstrippe
hat sie inzwischen ihren reichen sack
und schnorren u. und c. noch immer jede kippe
spielt k. besoffen wieder huckepack

ist t. der dürre pausenclown geblieben
und hackt er so wie einst auf h. herum
kann es denn sein dass i. und s. sich lieben
nimmt p. die schlechten noten jetzt noch krumm

hängt l. wie früher hilflos an der mutter
was haben wir uns deshalb schlapp gelacht
bei a. und c. ist gar nichts mehr in butter
und e. hat sich doch neulich umgebracht

Autorinnen und Autoren

Albrecht, Susanne Ulrike Maria, *1967 in Zweibrücken, veröffentlichte bereits zahlreiche Texte in Anthologien und Literaturzeitschriften. Ihr Gedichtband „Weiße Hochzeit" wurde 2010 vom Diskurs Verlag in Dresden herausgegeben. Beim 8. Wolfgang A. Windecker Lyrikpreis 2011 belegt Susanne Ulrike Maria Albrecht den zweiten Platz. http://susanne-ulrike-maria-albrecht.over-blog.de

Belkova, Clarisa, *1994 in Zvolen (Slowakei), lebt seit 2000 in Wien. Von 2004-2012 Besuch der AHS Ödenburgerstraße in Wien. Seit Oktober 2012 Studium der deutschen Philologie an der Universität Wien.

Borjans-Heuser, Peter, *1948, Beruf: pensionierter Leiter einer Gesamtschule in Duisburg; seine Erlebnisse als Schulleiter hat er 2008 in dem Werk „Hitzefrei": Lagebericht eines Schulleiters von der pädagogischen Front in Liedern und Gedichten, mit CD, veröffentlicht. Sein neuestes Buch ist 2013 im Schardt-Verlag erschienen unter dem Titel: „Trifft der Blitz dich auf dem Klo". Ebenfalls im Januar 2013 gewann er den Publikumspreis 5. Hochstadter Stier in Weßling bei München. www.borjans-heuser.de

Brockhaus, Sarah, *1997, ist Gymnasiastin in Fürth. Sie schreibt schon immer gerne, ob Kurzgeschichten, Gedichte oder andere Texte. In ihrer Freizeit spielt sie Klavier, Horn und Theater und liest sehr viel. Zu ihrer Familie gehören auch zwei Hunde.

Cvetkovic, Samson, wurde in Wien geboren und lebt seitdem auch dort. Nach der Pflichtschule besucht er für einige Zeit die Handelsakademie. Er schreibt Kurzgeschichten und

Gedichte und hat bereits einige Veröffentlichungen vorzuweisen.

Decker, Horst, *1947 als Sohn eines Landarztes, studierte nach dem Abitur Physik an der THD, um dann in der Industrie zu arbeiten. Seit 1974 als Dienstleister für Filmproduktionen, Fernsehen und Museen selbständig. Schon als Kind begann er, kleinere Gedichte und Geschichten zu schreiben, begann aber erst 2008, zu veröffentlichen. Seine Texte sind in rund 25 Anthologien vertreten, alleine 2012 publizierte er rund 30 Geschichten und Gedichte.

Yves Drube, *1974, Künstler im Bereich Fotografie und Gemälde. Wohnort: Dominikanische Republik. Einige Veröffentlichungen in Buchform und auch ein Hörbuch. Ausstellungen in verschiedenen Ländern. Seine Werke hängen in Europa, Afrika und Amerika. 2012 zu den 10 besten Skulpturen aus Zement des Landes in der Dominikanischen Republik gewählt. Einige Fotografien gibt es als Poster bei http://www.mygall.net/yvesdrube.

Yves Drube

ES, *1990, hat mit dem Schülerdasein abgeschlossen, wohnt im Moment in Halle (Saale), möchte aber zur Vorbereitung auf ein Museologie-Studium an der HTWK bald nach Leipzig ziehen.

Gick, Julian, *1993 geboren in Eichenzell, 2010 erste Teilnahme an einer Kunstausstellung in Wien, 2010 - 2012 mehrere Teilnahmen an Ausstellungen in Fulda, 2012 erste eigeninitiierte Ausstellung in Fulda, 2012 Fachhochschulreife in Gestaltung.

Hochleitner, Isabell, *1995 geboren, wohnt in Aurach b. Kitzbühel. Schreiben ist eines ihrer Hobbies, welches sie seit ca. 1,5 Jahren ausübt. Kürzlich wurde bereits eine andere Geschichte von ihr in einem Buch veröffentlicht. Sie schreibt gern länger und ausführlich.

Höhmann, Christiane, lebt und schreibt in Paderborn. Sie war über zwanzig Jahre lang als Gymnasiallehrerin tätig und arbeitet heute als Autorin, Coach und Dozentin für Kreatives Schreiben. 2007 erhielt sie den Akademiepreis Wolfenbüttel in der Sparte Literatur. Neben Gedichten, Kurzgeschichten und Essays veröffentlichte sie den Roman „Zeit wie Wasser" (2009) und den Kriminalroman „Puppenvater" (2006) sowie den Schreibratgeber „Einfach schreiben – Der kreative Weg zum wissenschaftlichen Text" (2012). Sie ist Mitglied im Syndikat und engagiert sich als Jurorin u. a. für den Friedrich-Glauser-Krimipreis des Syndikats 2011 und 2013. www.christiane-hoehmann.de

Kronas, Viola, *1992 in Heilbronn. Sie besuchte die Hauptschule, dann eine zweijährige Schule, um ihren Realschulabschluss nachzuholen, und absolviert nun eine Ausbildung zur Erzieherin.

Rackwitz, Thomas, *1981 in Halle / Saale, lebt in Berlin und Gröbers, arbeitet als Lektor, schreibt und übersetzt Gedichte, ist Mitglied des Friedrich-Bödecker-Kreises, der IGdA und im Förderkreis der Schriftsteller in Sachsen-Anhalt e.V., veröffentlichte vier Bücher (zuletzt ‚grenzland‘) und in Anthologien und Zeitschriften, erhielt u.a. den irischen Féile Filíochta Award 2007, das Walter-Bauer-Stipendium der Städte Merseburg und Leuna 2008 sowie den 3. Preis beim ‚lauter niemand‘- Preis für politische Lyrik 2011.

Röchter, Franziska, wurde als Österreicherin im Weserbergland geboren. Arbeitsgebiete: Lyrik, (Kurz)prosa, Kulturjournalismus, Poetry Slam, Lesungen, chiliverlag. Mehrere Gedichtbände, Poesie-CD, Herausgabe eines Veggie-Buches und weiterer Bücher. „eine sozial engagierte und hochlebendige lyrikerin und spoken-word-künstlerin"/ Tentakel Literaturmagazin OWL. www.franzis-litfass.biz

Rolshoven, Paula, *1996 in der französischen Schweiz geboren und dort zweisprachig aufgewachsen. Zog im Alter von fünf Jahren in die deutsche Schweiz nach Basel, besuchte dort sieben Jahre lang die Schule, bis sie aus beruflichen Gründen mütterlicherseits nach Graz, Österreich, zog. Dort besucht sie das Gymnasium.

Sacrydecs, *1982 in Rheinland-Pfalz, machte nach ihrem Realschulabschluss 2002 Abitur und studierte anschließend kath. Theologie und Philosophie bis 2010. Schreibt seit jeher als Hobby, u.a. Lyrik und Sachtexte.

Schätte, Lena, *1993, wohnt in Iserlohn und ist Schwesternschülerin an einer Pflegeschule. Sie nimmt mit Erfolg an Poetry Slams und Schreibwettbewerben teil. 2011 belegte sie den 2. Platz beim 1. Altenaer Poetry Slam. Sie hat bereits in Anthologien und in der Schweizer Literaturzeitschrift „Bierglaslyrik" Texte veröffentlicht, sowie zuletzt in ‚Halt! Dich!

fest! Im Labyrinth der Blindfische' (chiliverlag, 2013).

Schönfeld, Patrick, *1985 in Bad Soden,wuchs in Idstein im Taunus auf, musste als jüngerer Bruder eines Mädchens mit Down Syndrom schon früh Verantwortung übernehmen, verließ mit 18 Jahren sein Elternhaus und absolvierte in Mönchengladbach eine Ausbildung. Arbeitet in einer IT-Firma und schreibt in seiner Freizeit leidenschaftlich gern Kurzgeschichten, Kolumnen und Beiträge zum Weltgeschehen. Manches davon veröffentlicht er auf seinem Blog. http://www.just-imho.net

Schumacher, Andreas, *1981 in Bietigheim-Bissingen (Baden-Württemberg), lebt in Walheim, schreibt Prosa und Lyrik. Gedichtband ‚Herr der Möhren' (Poesie 21), Veröffentlichungen in vielen Zeitschriften und Anthologien. www.andreasschumacherinfo.de

Sindern, Klaus H., *1943, studierte Werbewirtschaft in Berlin und Germanistik und Wirtschaftswissenschaften in Bochum. Er arbeitete als Werbeleiter und Produktmanager in München und Bielefeld, danach mehr als dreißig Jahre als Lehrer und Seminarausbilder in Bielefeld. Neben zahlreichen Beiträgen zu pädagogischen und didaktischen Themen (u.a. NEUE SAMMLUNG) veröffentlichte der Autor zwei Kinderbücher, die schulkritische Schrift ‚Tamagotchi Schule - Warum Schule nicht gelingen kann' (tologo verlag Leipzig) sowie den Appell ‚Bilde dich!' (tologo verlag Leipzig, 2012). Literarische Texte finden sich in der Anthologie ‚L(i)eben unterm Hermann' (AJZ Verlag Bielefeld). Klaus H. Sindern lebt in OWL und leitet als Programmdirektor das Amalthea-Theater in Paderborn. Aktuell schreibt er seinen ersten Roman.

Stein, Diana, *1969, lebt in Berlin, arbeitet als Assistentin bei den städtischen Verkehrsbetrieben und hat verschiedene Gedichte in zahlreichen Anthologien veröffentlicht.

Stückemann, Frank, *1962 in Bielefeld, bis 1987 Studium der Ev. Theologie in Münster, ab 1991 Gemeindepfarrer. Übersetzungen (Corbière 1992, Cros 1993 und 1995, Laforgue 2002), Arbeiten zur Kirchen-, Literatur- und Kunstgeschichte (Germanisch-Romanische Monatsschrift, Archiv für das Studium der neueren Sprachen und Literaturen, Sinn und Form, Jahrbuch für Westfälische Kirchengeschichte, Pietismus und Neuzeit), 2009 Promotion über den westfälischen Aufklärer J. M. Schwager (1738-1804).

**Fotos und Gemälde
direkt vom Künstler**

Yves Drube

DRUBE@rocketmail.com

Bonus

Jegliche Ähnlichkeit mit lebenden, halb lebenden oder noch niemals wirklich gelebt habenden oder schon wirklich toten oder hoffentlich bald toten, echten oder unechten Personen, Möchtegern-Personen, Alter Egos oder Subjekten in menschlicher Hülle (Wölfe im Schafspelz) sowie anklingenden Einrichtungen und Organisationen (lebend, tot oder überkommen) ist sowohl beabsichtigt als auch unbeabsichtigt rein fiktiv und rein zufällig (über die Frage, ob es Zufälle überhaupt gibt, kann hier nicht beschieden werden) und automatisch immun gegen Strafanzeigen.

Oder, für bessere gerichtliche Verwertbarkeit: Alle Personen und die „Handlung der Handlung" sind frei erfunden. Jede Ähnlichkeit mit lebenden oder verstorbenen Personen, mit nicht genannten Namen oder bebauten Plätzen wäre rein zufällig.

***

Franziska Röchter

Im Zweifelsfall das Jugendamt!

Frau H. aus dem hässlichsten Nachbarort, den man
sich auf dieser Welt vorstellen konnte, hatte ihr ganzes Leben lang unter ihrem Übergewicht gelitten. Mal
hatte sie dreißig Kilo mehr, dann wieder dreißig Kilo
weniger auf den Rippen. So ging das seit Jahrzehnten.
Sie verschwieg gerne, dass sie nicht ganz unschuldig an
ihrer Misere war: enorm viele Chips-Tüten oder schach-
telweise frische Belgische Sahne-Pralinen versüßten ihr
jeden Abend ab acht Uhr die Zeit vor dem Fernseher,
während ihr schmächtiger Mann sich im Probekeller
mit der Sängerin seiner Dorf-Disco-Party-Band ver-
gnügte, rein gesangstechnisch natürlich. Das Pflege-
kind, welches Frau H. angenommen hatte, um ihre
teure mehrjährige pseudo-therapeutische „Ausbildung"
– sie nannte es gerne „Studium"– finanzieren zu können, schlief um diese Zeit bereits im Ehebett. Es erfüllte
eine wichtige Funktion in diesem Haus. Ihre beiden ältesten Kinder waren schon lange ausgezogen. Sie kamen
höchstens einmal pro Jahr zu Weihnachten nach Hause,
oder wenn ein von Frau H. initiierter ‚Pressetermin' anstand , durch den die gelangweilten Dorfbewohner und
darüber hinaus der ganze Umkreis von den heldenhaf-
ten Unannehmlichkeiten erfahren sollten, der sich eine
behördlich und amtlich doppelt geprüfte, dreifach be-
glaubigte und von daher erst einmal für makellos rein
befundene ‚Pflegefamilie' zum Wohle eines freiwillig
angenommenen Schutzbefohlenen in der Hoffnung

auf kreisweiten Ruhm gerne aussetzte.

Der schmächtige Mann der rundlichen Frau H. hatte schon seit Jahren jegliche einschlägige Körperbeziehung zu ihr aufgegeben. Er würde später auf dem Sofa schlafen. Für Frau H. gab es nach drei Jahren esoterischen „Studiums" keinerlei Verhaltensäußerung mehr auf diesem Planeten und darüber hinaus, die nicht Folge einer schweren traumatischen Kindheitsverletzung sein musste, die einem meistens durch eine unfähige Mutter zugefügt worden war - bei dieser Lektion hatte sie nämlich besonders gut aufgepasst. Das einzige noch eigene Kind im Haus, eine nachpubertierende und durch und durch psychologisierte Göre, die zugegebenermaßen nicht unansehnlich war, erfüllte für Frau H. ebenfalls eine wichtige Funktion. Diese zeigte sich u.a. an der stündlich zunehmenden artifiziellen Facebook- ‚Freundschaften'-Liste des Mädchens, die sie einsehen konnte, denn sie war nicht nur mit ihrer Tochter selbst, sondern auch mit den meisten ihrer Freunde und Freundinnen ‚befreundet' – das ersparte umständliches Nachfragen, und sie war immer sofort über alle Aktivitäten im Freundeskreis ihrer Tochter im Bilde. Auch vergrößerte sich somit der eigene ‚Freundeskreis', was ihr wiederum größere Bedeutung verschaffen sollte.

***

Eines samstagmorgens rief in der unweiten Nachbarstadt die kleine *dünne* **Frau M.** eine alte Bekannte an. Sie konnte es nicht länger verstehen, dass sich ihr eigener Sohn schon seit Monaten nicht mehr gemeldet hatte. Darüber hinaus nahm er auch keinerlei Gespräche seiner Familie mehr an, egal mit welchen Tricks man versuchte, ihn ans Telefon zu bekommen. Überhaupt war sein Handy die meiste Zeit abgeschaltet, vor allem von freitagabends bis sonntagnachts, oder simulierte, abgeschaltet zu sein, die meiste Zeit auch dazwischen. Vor Monaten hatte er – ohne einen erkennbar gravierenden Auslöser in Form einer Auseinandersetzung oder eines Streites – einen Bruchteil seiner Habseligkeiten in eine Reisetasche gestopft, hatte sich mit einem beiläufigen ‚Tschüss‘ verabschiedet, um fortan sein geräumiges Elternhaus in eine 2-Quadratmeter-Butze unter dem Dach eines Seniorenwohnheimes einzutauschen. Das wäre noch vollkommen in Ordnung gewesen – selbstgewählter Spartanismus zur Selbstfindung oder so etwas – jedoch meldete er sich seit jenem Tag nicht ein einziges Mal mehr bei seiner Familie, geschweige denn besuchte er diese nicht einmal zu Weihnachten, Ostern oder an Geburtstagen. Sie hörte von einem Tag auf den anderen auf, für ihn zu existieren. Zumindest wirkte es so. Was für einen Aufstand mussten die Eltern vom Zaun brechen, um an eine Unterschrift bezüglich einer Steuererklärung oder Ähnliches zu kommen – das allein würde mindestens zwei weitere Geschichten in Anspruch nehmen.

„Und da wollte ich *dich* mal fragen, wie es *dir* eigentlich so geht? Wo *du* jetzt wohnst, und was *deine* Kinder so machen?“, versuchte Frau M. sich am Telefon mit einer heiter klingenden Stimme. „Ach“, antwortete die alte Bekannte, „nach der Scheidung musste ich mir erst einmal eine bezahlbare Wohnung suchen. Habe jetzt etwas Passendes gefunden. Die Kinder – sie müssten jetzt so alt sein wie deine beiden Ältesten – wohnen bei ihrem Vater. Der hat schließlich genug Geld. Und das Haus.“ „Ist deine Tochter nicht mit der sogenannten Freundin meines Sohnes befreundet?“ „Mehr oder weniger. War sie wohl. Seit die sogenannte Mutter dieses Mädchens, die sich als Verbündete und Mitarbeiterin des Jugendamtes ausgibt, meiner Tochter riet, mir das Selbige auf den Hals zu schicken, möchte ich nichts mehr damit zu tun haben." „Was???", entgeisterte sich die kleine dünne Frau M. „Ja, sie riet Mona, mich beim Jugendamt anzuzeigen, aber möglichst bald, bevor sie 18 würde. Mona hat's dann aber doch nicht gemacht. Ich habe ihr gesagt, lass die ruhig mal kommen, ich glaube nicht, dass du bei deiner Schlamperei und deinem Nie-Aufräumen-Wollen so gut dabei weg kämst… Aber danach hat sich unser Verhältnis noch verschlechtert. Was soll man mit einer Tochter, die mit Leuten verkehrt, die einem das Jugendamt auf den Hals schicken wollen, nur weil sie selbst nicht aufräumen will?"

Frau M. war schockiert. Sie konnte nicht glauben, was sie gehört hatte. Ihr fiel es wie Schuppen von den Augen. Vergangene Woche waren ihr beim Aufräumen des ehemaligen Zimmers [der Junge hatte ein Schlachtfeld hinterlassen] fragmentarische Aufzeichnungen in die Hände gefallen, die schon ein bis zwei Jahre alt waren und sich über einen Zeitverlauf eines ganzen Jahres erstreckten. Alles lautete ziemlich ähnlich:
…ich ruf jetzt beim jugendamt an / und rufe morgen beim jugendamt an / mama hat beim jugendamt angerufen / ich kann mich auch zum arschloch machen und zu deiner verfickten mutter sagen: krieg das in 2 wochen geschissen oder ich schalte das jugendamt ein / dann schalte ich das jugendamt ein / fall für das jugendamt / dann drohe ich mit dem jugendamt / ich bin kurz davor das jugendamt anzurufen / sonst rufst du einfach beim jugendamt an / und sonst sprichst du mal mit deinem bruder wegen jugendamt / dann sag du zu ihr „mama ich rufe bald das jugendamt an" / dann geh zu deinem papa und sag du rufst das jugendamt

an / irgendwas mit kur und irgendwas mit besuch vom jugendamt / beim jugendamt anrufen / **kannst du mir sofort bescheid sagen, wenn du was neues vom jugendamt weißt? / war das jugendamt heute da?...** und so weiter und so fort. Die Aufzeichnungen waren rudimentär und aus dem Zusammenhang gerissen, aber nichtsdestotrotz interessant. Frau M. hatte ihren alten Kalender vom vergangenen Jahr hervor gekramt und erstaunt festgestellt, dass das Jugendamt, welches wirklich eines Morgens vor der Tür gestanden hatte, dieses fast zeitgleich mit dem ständig wiederholten mantra-ähnlichen Nachbohren des Mädchens, ob denn nun das Jugendamt endlich dagewesen sei, getan hatte. Zu zweit hatten sich die beiden jungen Mitarbeiter um neun Uhr morgens vor der Tür aufgebaut und höchst unfreundlich verlangt, *sofort* das Haus und das noch schlafende jüngste Kind inspizieren zu wollen. „Wie kommen Sie denn dazu?" hatte Frau M. entrüstet gefragt, „Was wird uns denn angelastet?" „Wir sind hier aufgrund einer anonymen Anzeige. Wir *müssen* dem nachgehen!" Die Familie war vor Schreck gelähmt. Das Kind hatte zufällig schulfrei, der noch schlafende Vater hatte sich ebenfalls an diesem Tag frei genommen, und alle rannten im Schlafanzug herum oder schliefen noch. Frau M. konnte nur unter geballter Aufbietung sämtlicher rhetorischer Fertigkeiten aushandeln, dass man mittags geschlossen samt zu inspizierendem Kind die Behörde aufsuchen wolle, um die Sache klarzustellen.

Bei dieser ‚Unterredung' hatte Frau M. dann sehr schnell herausgefunden, dass die Anzeige des Klassenlehrers (von wegen ‚anonym') aufgrund einer über ein Jahr zurückliegenden perfiden und intriganten Telefonaktion an der Schule des betroffenen Kindes seitens einer gewissen Frau H. zustande gekommen war. Angeblich lag

Gefährdungsstufe 4 (!, die letzte und fünfte hätte die sofortige Konfiszierung des Kindes zur Folge gehabt) vor, und das eigentliche Corpus Delicti war ein Anorak gewesen, dessen Reißverschluss seine Dienste nicht mehr verrichtete und der sich deshalb nur noch mit Druckknöpfen schließen ließ (man muss wissen, dass das ‚gefährdete' Kind feinmotorisch gar nicht in der Lage war, einen Reißverschluss zu bedienen und diese Jacke in vollster Absicht zum Einsatz kam, um die Lehrer zu entlasten). Des Weiteren wurde der bisher unbescholtenen Familie angelastet, dass das Kind häufiger mit fettigen Haaren zur Schule gekommen sei. Der Gipfel an Zynismus war gewesen, dass besagter Lehrer genau das, was Frau M. ihm gegenüber eine Woche zuvor auf dem Elternsprechtag („Es klappt wirklich alles bestens mit Ihrer Tochter!") euphemistisch und lehrerschonend als lediglich ‚wenig schön' bezeichnet hatte, zum Anlass genommen hatte, der Familie selbst mangelnde Hygiene im Bereich der kindlichen Unterwäsche anzulasten. Der Umstand nämlich, dass das Kind während seiner Menstruation nach zehn aushäusigen Stunden abends mit der gleichen aber nunmehr komplett durchtränkten Hygienevorrichtung wieder nach Haus kam, mit der es dieses morgens verlassen hatte, (man muss wissen, dass das ‚gefährdete' Kind selbst nicht in der Lage war, diese und ähnliche hygienische Handlungen selbst zu verrichten), war schon lange nicht mehr tragbar, wenngleich man auf den leidigen Lehrer-Personalmangel nahezu alles schieben konnte. Gefährdungsstufe 4! Da hatten sie aber wirklich noch mal Glück gehabt. Sollte dieses frisch installierte und gerade in Betrieb genommene neue Jugendamt dringend Betätigungsfelder und Legitimationsanlässe – vor allem für den aufwändigen Personalapparat – benötigen? Später hatte die Familie versucht, Akteneinsicht zu erlangen – wenngleich die

144

Akte nur aus einem oder höchstens zwei Blättern bestanden hatte, da sie nämlich sofort am nächsten Tag wieder geschlossen worden war. Indes: vergeblich. Die Behörde schob in dieser delikaten Angelegenheit – sogar durch das höchstpersönliche Sprachrohr des Bürgermeisters – mögliche Interessen dritter Parteien vor, womit sie eigentlich nur sich selbst gemeint haben konnte.

„Das ist ja wohl kaum zu fassen!", sagte die kleine Frau M. zu ihrer alten Bekannten. „Soll ich dir etwas sagen? Ich habe selbst neulich beim Jugendamt angerufen, um mich nach den Kompetenzen dieser selbsternannten ‚Mitarbeiterin' oder besser Denunziantin zu erkundigen. Mein ältester Sohn hat mir bereits von diversen Versuchen dieses Mädchens berichtet, ihn für eine ‚Therapie' bei seiner Mutter zu gewinnen. Die Frau ist dort gänzlich unbekannt!" „Tzzz, was es nicht alles gibt!" sagte die alte Bekannte. Sie machte den Eindruck, dass es ihr eigentlich ganz lieb sei, dass ihre Kinder nicht mehr bei ihr wohnten. Womöglich konnte sie die Befindlichkeit der kleinen Frau M. gar nicht nachvollziehen?

Tage später fanden die Eltern in den diversen Papier- und Müllstapeln ihres Sohnes weitere rudimentäre Aufzeichnungen auf verschiedenen Blättern verteilt:
– und jetzt geh verdammt mal hin und rede über deine scheiß mutter / es wäre einfach für euch alle besser wenn die ausziehen würde / ihr müsst deinem vater in den kopf prügeln dass ER was machen muss / der muss den arsch in der hose haben und durchgreifen –

Dann hatte das Mädchen noch vorgeschlagen:

– er muss die rausschmeißen ! –

Frau M. fiel auf, dass sie kurz vor der Datierung der letzten beiden Vorschläge einen nicht unwichtigen literarischen Preis gewonnen hatte.

Das Mädchen hatte dem Jungen auch die Telefonnummer eines speziellen ‚Beratungsdienstes' zukommen lassen. Frau M. versuchte, sich zu erinnern. Was war überhaupt vorgefallen? Ihr fiel nichts ein. Einmal vor ungefähr eineinhalb Jahren war ihr der Kragen geplatzt, weil sie seit vier Jahren in dem Zimmer des Jungen wegen der überbordenden Unordnung nicht mehr putzen konnte. Diverse Versuche, ihm nahezulegen, dass es einfach zumindest alle fünf Jahre mal erlaubt sein müsse, Staubläuse wegzusaugen und Spinnen zu entfernen und er auch ruhig mal mithelfen könne, weil sie darauf auch keine Lust habe, wiederholte Appelle, sich an der Hausarbeit zu beteiligen, und sei es auch nur sehr geringfügig oder durch Andeuten eines guten Willens, waren ins Leere gelaufen, und sie hatte nur Hohn, Spott und Widerstand geerntet.

Frau M. wollte den fragmentarischen Rest dieser diversen alten Aufzeichnungen nicht mehr anschauen. Irgendwann hatte das Mädchen sich noch derbe über seine eigene ‚dicke' Mutter, den *‚ollen Fettarsch'*, beschwert, der wutentbrannt in ihr Zimmer gestürmt sei und eine volle Stunde lang lauthals herumgekreischt und gebrüllt habe, mit puterrotem Gesicht, dass ihr, dem Mädchen, angst geworden wäre: sie solle endlich mal ihren Saustall aufräumen und für mehr Ordnung sorgen, wenn da mal jemand hereinkäme, sie würde sie bald vor die Tür setzen, wenn diese Schlamperei nicht anders würde. Ein anderes Mal hatte das Mädchen den Jungen über mehrere Stunden verbaltechnisch auf Höhe der untersten Schublade heruntergeputzt, was er für ein ‚blöder Pisser und für ein derber Motherfu-

cker sei, dass er nicht **JETZT SOFORT** um 23:38 Uhr montagabends mit dem Fahrrad zehn Kilometer durch den strömenden Regen zu ihr fahren wolle, damit sie ihre Beziehung retten könnten, sie hätten sich jetzt so lange und wie gehabt mehrere Tage am Stück gestritten (der kleinen Frau M. fiel auf, dass sie direkt zu dem Zeitpunkt einen nicht unbedeutenden literarischen Preis gewonnen hatte), dass er ihr jetzt endlich seine Liebe beweisen **MÜSSE**, egal, ob er morgen früh Klausur schreiben würde oder nicht, und er solle nicht so ein ,*Feigarsch*' sein, wenn seine alte beschissene Mutter was dagegen habe, würde sie ihr gleich morgen das Jugendamt auf den Hals schicken, oder ihre Mutter würde es tun, die schließlich eng mit dem Jugendamt zusammenarbeiten würde, und dann würde er schon sehen, was passieren würde, bei so einer beschissenen Familie, die er hätte, wo sich eh alle auf einem untergehenden Schiff befänden, das hätte ihre Mutter auch gesagt, was will der denn noch auf diesem untergehenden Schiff, er solle sich mal retten, bevor es zu spät ist; und wenn er nicht **SOFORT** auflaufen würde, dann würde sie sich **SOFORT** heute noch umbringen und allen erzählen, dass ER schuld daran gewesen sei, weil er immer so ein egoistischer Pisser gewesen sei, der sie überhaupt nicht geliebt habe', und
– gib du arsch mir doch einfach das gefühl dass ich ok bin –
– gib mir doch einfach das scheiß gefühl dass ich was wert bin –
– gib mir endlich das gefühl dass ich megawichtig bin –

Dann hatte sie ihm in diversen gewöhnungsbedürftigen Ausformulierungen heftige Vorhaltungen darüber gemacht, dass er es immer noch nicht geschafft habe, ihr **bei ihrem Leben zu helfen, ihr Halt zu geben**, den sie nirgendwo fände, dass sie sich am liebsten beseitigen würde, ob sie das nicht zusammen machen wollten, am besten im Auto seiner Eltern, sich zusammen beseitigen, dann wäre er als Scheiß Person auch endlich weg, weil sie sowieso nicht wüsste, was sie hier machen würde. Sie würde genügend Leute kennen, die auch noch nachts um 3 zu der Freundin fahren würden, deshalb könne **MAN DA ERWARTEN DASS DER JEMAND DANN VORBEIKOMMT!!!** Sie bedankte sich bei ihm ‚Arsch‘, da sie ihrer Mutter nun nicht erklären könne, wo ER denn nun sei, ihre Mutter würde schon fragen, warum ER nicht da sei, er solle gefälligst da sein, hätte ihre Mutter gesagt. Jetzt müsse sie wieder ihre Mutter vollheulen, die hätte aber wenigstens gute Ratschläge, was da zu machen sei!

Frau M. hatte wirklich genug davon. Sie knüllte den ganzen Papier- und Zettelkram mit anderen ausgedienten Unterlagen, alten Schulheften und auf dem ganzen Boden verteilten Lose-Blatt-Sammlungen zusammen, stopfte alles in eine Mülltüte und würde es zum Container bringen. Vielleicht würde sie auch einzelne Zettel in den Gartenteich werfen. Eine kürzlich von der rundlichen Frau H. gegen sie gerichtete Strafanzeige, in der ihr Beleidigung gegen die Frau mittels eines YouTube-Videos vorgeworfen worden war, würde sie gleich dazu packen. Die Anzeige war umgehend von der Staatsanwaltschaft eingestellt worden. Die merkwürdigen Blicke, denen sie sich in letzter Zeit vor allem innerhalb ihres Wohnortes oder beim Betreten der neuen Schule ihrer Tochter ausgesetzt sah, würde sie versuchen, unter dem Phänomen der Einbildung oder eines Überschusses an Phantasie abzuhaken. Was hatte noch gleich auf einem der vielen ausgerissenen Zettel gestanden: **– nicht dass du jetzt denkst, ich wollte deine familie zerstö-**

ren, also wenn du das jetzt denkst, dann SCHMEIS-SE ICH MICH GLEICH VOR EINEN ZUG !!!! – Ihrem Sohn, der seine eigene Familie, die alles für sein Fortkommen getan hatte und die bis auf den kleinen Eklat wegen mangelnder Mithilfe im Haushalt niemals ernsthaften Streit mit ihm gehabt hatte, vollkommen vergessen hatte, war anscheinend nicht mehr zu helfen. Mehrere Jahre Indoktrination und Gehirnwäsche seitens dieser fragwürdigen Pseudo-Psycho-Fraktion hatten Spuren hinterlassen.

***

Später brachte Frau M. noch in Erfahrung, dass in dem wissentlich unter dubiosen Umständen erbauten ‚Gartenhaus' dieser ‚reinen' und ‚sauberen' ‚Pflegefamilie' seit Jahren merkwürdige *‚Therapiesitzungen'* stattfanden. Diverse ‚Freunde' der Tochter – oft Jungen – wurden dort zu ‚therapeutischen' Gesprächen geladen, um ihre schweren „traumatischen Kindheitserlebnisse" durch komplettes *‚Ausradieren der Festplatte'* und kontinuierliches *‚Neuprogrammieren'* derselben zu ‚verarbeiten'. Es wurden hier und da Fälle von Jugendlichen bekannt, die bereits wie ihr Sohn zu ‚Sitzungen' im Garten geladen worden waren und kurze Zeit später ihr Elternhaus verließen sowie sämtliche Beziehungen zu Geschwistern, Verwandten und ihrem bisherigen Umfeld radikal abbrachen. Der Stadt, dem Kreis, dem Gewerbeaufsichtsamt und anderen Einrichtungen, die sich mit dem Wohlergehen von Kindern und Jugendlichen beschäftigten, war jedoch diese ‚Therapeutische Einrichtung' gänzlich unbekannt. Auch im Internet fand man über Frau H. und ihr dubioses ‚Therapieangebot' absolut nichts. Frau M. erinnerte sich indes an ein länger zurückliegendes Gespräch mit ihrem älteren

Sohn, aus dem hervorging, dass das betonierte ‚Gartenhaus' der Familie H., welches wegen eines nicht genehmigungsfähigen Kaminbaus eigentlich schon längst wieder hätte abgerissen werden sollen, nun doch erst einmal stehen bleiben konnte. Auch hätte Frau H. ihm zu Zeiten, als er noch seinen Bruder samt Tochter der Frau durch die Gegend kutschieren musste, weil diese noch keinen Führerschein besaßen, ihm mehrmals Entmannung angedroht – („Ich schneide dir den Schwanz ab, wenn du nicht anständig Auto fährst!") – falls er ihre Tochter nicht heil nach Hause bringen würde.

Monate später las Frau M. in der Presse, dass bereits im Frühjahr des vorausgegangenen Jahres eine sogenannte religiöse ‚Vereinigung', welche in Deutschland seit über zwanzig Jahren vom Verfassungsschutz beobachtet wurde und als Sekte eingestuft worden war, versucht hatte, ihr Schrifttum unter dem Deckmantel des gefälligen Titels ‚Brücke zum Glück ' in sämtliche Schülerbibliotheken des Landes einzuschleusen. Durch den Einsatz aufmerksamer Eltern und durch unabhängige Recherche einer investigativen Presse war die Sache aufgeflogen. Sie kramte in alten Unterlagen aus ihrer Zeit als oberste Elternvertretung an der Schule ihrer Söhne. Als sie auf einem Blatt mit der Liste der einzelnen Klassenvertretungen den Namen des schmächtigen Dorf-Disco-Party-Band-Sängers, also Herrn H., unter ihrem eigenen entdeckte, schoss ihr das Blut in den Kopf.

***

(Ein Jahr später beerdigte Herr M. seine Frau. Er hatte sie eines Abends leblos im Garten gefunden. Obwohl jedermann Zweifel an einem natürlichen Tod hegte, wagte es niemand, der Sache nachzugehen.)

150

Franziska Röchter (Hrsg.)

Halt! Dich! fest!
Im Labyrinth der Blindfische

Mit Zeichnungen von
Günter Specht

Chili Verlag

Neu! Februar 2013   ISBN 978-3-943292-03-9
34 Autoren: seltsam, skurril, komisch, lustig, schräg!!!